命をつなぐ猫のいる教室

夏凪空

双葉文庫

目次

命をつなぐ猫のいる教室

プロローグ　～五月～

連休最後の日の明け方、夢を見た。鯉のぼりの泳ぐ空を仰ぎながら、一人、職場へと歩いている夢だった。

夢の中の私は、何故か夜明け前に家を出て、商店街の歩道を歩いている。空を仰ぐと小さな星が点々と輝き、店のベランダに設置された鯉のぼりが、風を受けて波立っている。

視線を下ろし、街並みを眺めながら歩き続ける。両側に並ぶ建物はギリシャ建築のように洗練された切妻屋根、オフホワイトの壁、それに太い円柱が目を引く。電線は地中化され、歩道には電柱の代わりに、先端にアンティーク風のランプを載せたような街灯が並び、黄白色の光を灯している。

商店街を抜けて駅の角を曲がると、上り坂が続く。左側には線路が通り、右側には個人店や住宅が並んでいる。

坂を上るうちに、夜が明けてゆく。遠くに架かる橋のような朝焼けが、次第に空全体へと広がって、薄暗かった街が色づき始める。そして住宅地の一角に、外壁一面をマリンブルーに塗った二階建ての建物が見えてくる。

入口のガラス戸に、私が勤める教室の大型ポスターが貼られている。

中に入り、狭い階段を上りきると、教室に入る扉へと辿り着く。フロア全体が教室になっているが、扉はこの一箇所しかない。

扉を開けると、玄関のすぐ目の前には壁に面した大きな靴箱がある。仕切りのないタイプの靴箱だが、一足分のスペースにはそれぞれ、目印として足形とともに海の生き物のシールが貼られている。タコ、カニ、ヒトデ——教室に通ってくる子ども達は、自分の好きな生き物のところに靴を揃えて入れる。楽しく靴箱の習慣をつけられるようにと、現在の教室長が考案したのだ。

「僕、今日はタコがいい！」

「カニがいいのに、もう他の子の靴が入ってる」

玄関で靴を脱ぐと、左右にそれぞれ廊下が続いている。

右手に行けば、床一面にベージュ色のジョイントマットを敷き詰めたプレイルームが広がり、その先には「クジラの部屋」と呼ばれる教室の中で一番大きい部屋がある。

　玄関から左に進むと、左側の壁伝いに面談室、サロン、トイレが並ぶ。面談室の前で廊下を右に曲がると、左側に「クラゲの部屋」と「イルカの部屋」、右側には「ペンギンの部屋」と職員の事務所がある。

　廊下には窓がなく、それぞれの部屋の中を見ることはできない。けれど、廊下を歩いていると、いつも部屋から子ども達の声が聞こえてくる。些細なことで笑い、怒り、涙する子ども達。生まれながらに特性を持ち、人々から理解されにくい困難を抱えてこの教室に通う子ども達。

　命を空に喩えるなら、彼ら彼女らの空は、生まれたときから夜が長く続いているのかもしれない。けれど、広大な暗がりの中に一つ、二つと星が生まれ、ときには彗星が強い光を放ちながら駆け抜けるように、子ども達の「できること」が増えていく。

　そこに彼ら彼女らの得意なことや好きなもの――歌や工作、電車、リボンやレース、恐竜、絵本、パズル、ぬいぐるみ――それらが重なり合って、夜明けを告げる薄明のように輝くから、私は命の可能性を信じたくなる。

廊下を歩いていくと、突き当たりには、もう一つの部屋がある。

「カメの部屋」と呼ばれるその部屋は、昔は子ども達が利用する部屋の一つだったのだが、教室に通う子どもの人数が減った今は倉庫として使用されている。

「先生。私、カメのお部屋入りたい」

「ごめんね。カメのお部屋は入れないんだ」

「どうして?」

「物置だからだよ」

そんなやり取りが、子どもとの間で毎日のように交わされている。

今、カメの部屋にあるものといえば、鍵付きの大きなスチールキャビネットくらいだ。中には教室を卒業していった子ども達の資料が保管されている。外に面した大きな窓は模様替えが施されたばかりで、今年になってすぐカーテンを外し、その代わりにマジックミラー調の遮光フィルムを貼った。

その部屋の中に、猫がいる。

小さな体に、残りわずかの命を宿して眠っている。

第一章　雪とエルム通り

年明けから一週間が過ぎた日、私は一つの決意を抱えて職場に向かっていた。飼い猫を職場に連れてきていいか、教室長に相談を持ちかけるのだ。

去年のクリスマスイブに、愛猫のツムジが悪性リンパ腫の診断を受けた。ツムジは推定十一歳、キジトラのオスだ。保護猫だったところを引き取ってから、まだ一年も経っていなかった。

秋の定期健診では何もなかったのに、十二月中旬に入って急に食欲が落ちた。そのうえ週に二回も嘔吐してしまったため、平日の仕事休みの日にかかりつけの病院へ。採血やレントゲンといった検査を一通り受けたところ、エコーで腸に影が見つかった。針で細胞の一部を採取して調べてもらい、一週間後に診断が告げられた。

ツムジのリンパ腫は悪性度の高い型で、何もしなければ三ヶ月ももたないだろうと言われた。抗がん剤治療を行っても寛解に持ち込める可能性は低く、さらに、寛解しても再発して半年から一年ほどで亡くなるケースが多いという。

抗がん剤は副作用が強く出る危険性があるという話も聞いた。そのリスクを冒してまで、効く可能性の低い抗がん剤治療に踏み切るべきなのか。それが果たしてツムジのためになるのか。

頭を抱える私に、ツムジの主治医はこう話した。

「抗がん剤治療をせずに緩和ケアのみを行うという選択もできますが、最近は抗がん剤と緩和ケアを並行する方法も主流になりつつありますよ」

緩和ケアとは、病気の完治を目指すのではなく、病気と共存しながら生活の質を高めるための治療だ。具体的には鎮痛剤で痛みを緩和したり、体重減少を防ぐため食事を工夫したりと、毎日をできる限り快適に過ごせるように努める。

ツムジのように完治が難しい病気の場合、初めから緩和ケアだけを行うこともあるが、抗がん剤治療と組み合わせることもできるという。

「例えば抗がん剤が効きにくくなったり、副作用と闘えるだけの体力がなくなったりしたときに、一時的に緩和ケアに切り替えて体力を回復させ、タイミングを見て再び抗がん剤治療を始められるということもあります」

悩んでいる間にもツムジの命は削られてしまう。私は診断を受けたその日のうちに、抗がん剤治療を行う選択をし、主治医と今後の治療方針を決めた。

寛解が難しい病気とはいえ、奇跡的に回復した猫もいるという話も聞いた。命の可能性に賭けてみたいと思う気持ちが強くなったのは、今の私の職業柄もあるのかもしれない。

私は今、放デイで児童指導員として働いている。去年の四月に転職して、もう九ヶ月目になる。

放デイとは「放課後等デイサービス」の略称で、発達に特性のある小学生から高校生の年齢に当たる子どもに対し、それぞれの子どもの状況に応じて発達の支援を行うサービスのことだ。

子どもは主に放課後や休日を利用して、放デイに通う。支援の内容は施設によって様々で、学習支援を主として行う施設や、運動や楽器の演奏を取り入れている施設、自由に過ごす時間の長い施設まで幅広い種類がある。

私の勤めている会社は、子ども達に一コマ五十分のレッスンを提供し、その中で学習や生活動作、他者との関わりなどについてのサポートを行う「療育型」と呼ばれるタイプの放デイを運営している。神奈川県を中心に、利用者の年齢に応じて数種類の放デイが展開され、私が配属された「パルマ」は小学生を対象としている。

命を育てることに携わりたかった。それが私の転職理由だ。

新卒から十年以上、同じ職場で事務の仕事を続けていた。しかし、三十四歳のときに大きな挫折を味わい、同時に淡い恋心を失った。

静かな絶望の後、その日暮らしの日々を過ごすうちに、ふと、ある予感が頭をよぎった。自分はこの先、高い目標を持って仕事をすることもないし、結婚もせず、子どもを産むこともないだろうという予感だった。

私は自分自身の人生を諦めた。

しかし、不思議なことに、自分の人生を諦めたとたん、自分以外の命に対する愛おしさが日に日に増していくのを感じた。自分のことは諦めたが、私はまだ、命というものの可能性を信じたい。誰かの命に貢献したい。

年度末を待たず、親しくしていた同僚への挨拶もそこそこに、私は職場を辞めた。転職サイトで子どもと関わる仕事を探したところ、私の住んでいる神奈川県を中心に放デイの事業を展開している会社の求人を見つけた。

選考は書類審査と面接一回のみだった。大学時代に小学生対象の個別指導塾で長くアルバイトをしていたこと、そして教員免許を取得していることを伝えると、面接翌日に早くも採用の連絡をもらった。

配属先の大倉山《おおくらやま》教室は、当時一人暮らしをしていたアパートからでも通える場所だった。しかし無性に気分を変えたくなった私は、思い切ってアパートを解約し、大倉山駅の近くで新しい部屋を借りた。

そして、ツムジを飼い始めた。

仕事の方はまだ、毎回のレッスンに悪戦苦闘するばかりで、子どもの成長を感じられるほどの気持ちの余裕がない。そんな中、ツムジと過ごす時間は私に不思議な感覚を与えてくれる。

自分のすぐ傍で息づいている命への愛おしさ。

そして、命を預かることに対する、身の引き締まるような責任感。

大倉山は、横浜市の北部に位置する町だ。

異国情緒溢れる港町という印象を持たれがちな横浜だが、大倉山は名前のとおり緑豊かな丘が町のシンボルになっている。丘の上にある「大倉山公園」では、春の梅や秋の紅葉など、四季折々の美しい景色を楽しむことができる。

大倉山には、駅から東西に伸びる二つの商店街がある。東側に伸びる「レモンロード商店街」と、西側に伸びる「エルム通り商店街」だ。私のアパートは、エルム通り商店街から少し南に逸れたところに位置している。

職場に行くにはまず大倉山駅の方向に向かう必要があるため、通勤で毎日エルム通り商店街を歩く。「エルム」とはギリシャ語で商業の神を意味するらしい。その名に相応《ふさわ》しく、歩道には西洋風の街灯が並び、多くの建物がギリシャ建築のようなデザインで統一されている。勾配の緩やかな切妻屋根、オフホワイトの壁と、縦に溝が彫られた太い円柱。

エルム通り商店街が何故このような景観になったのかというと、話は昭和末期にまでさかのぼる。当時、全国の商店街はスーパーやコンビニの台頭によって衰退を余儀なくされていた。大倉山の商店街も例外ではなく、危機感を抱いた役員達が一念発起し、活性化に向けてデザインの整備に乗り出したのだ。道路を拡張するために土地を買い上げ、電線を地中に通して無電柱化するべく関係者と交渉し、ほぼ毎日閉店後に夜中過ぎまで話し合いを重ねたという。

商店街を抜け、大倉山駅の前を通過する。

町を縦断する東急東横線《とうきゅうとうよこせん》の線路に沿い、駅の東側の住宅地を北上していく。

十分ほど歩くと、マリンブルーの外壁に彩られた建物が見えてくる。

〈放課後等デイサービス　パルマ　大倉山教室　当ビル二階〉

建物の入口のガラス戸には、大倉山教室の案内ポスターが貼られている。扉を開けて中に入り、狭い階段を上がって職場に辿り着く。

大倉山教室は教室長一人と、私を含め五人の指導員で構成されている。祝日を除く週七日間営業、出勤はシフト制で、今日は教室長と指導員三人が出勤予定になっている。

事務所に入ると、部屋の中心には六人掛けの大テーブルが置かれている。先に出勤していた教室長と指導員一人が、各々の席から私に挨拶を返してくる。

「おはようございます」

「おはよう」

「おはようございます、夏帆《かほ》先生」

教室長の大瀬《おおせ》良《ら》先生は、職員最年長で五十代前半の男性だ。この教室では、職員同士は下の名前で呼び合っているが、教室長だけは指導員から名字で呼ばれるのが慣行になっている。

放デイの多くの教室がそうであるように、大倉山教室も、教室長の大瀬良先生が毎朝誰よりも早く出勤する。今日は私も早めに来たつもりだったが、その前にもう一人の指導員——渚《なぎさ》先生が、既に制服に着替えて自分の席に座っていた。事務所内の掛け時計を見ると、まだ始業開始三十分前だ。

「渚先生、いつもこんなに早く来てるんですか？」

渚先生は「いつもこれくらいに来てますけど」と答えつつ、ちょっと不機嫌そうに口元を尖らせる。指導員の中で一番といっていいほど仕事熱心だが、他人からそのことを指摘されるのを彼女は嫌がるのだ。

「夏帆先生こそ、今日はいつもより早いですね」

「え？　ええと、少し昨日の業務が残ってしまっていて」

今日は早めに出勤して、他の指導員の目がないところで大瀬良先生にツムジの相談を持ちかける心づもりでいた。少し迷ったが、大瀬良先生の作業が一段落したのを確認し、思いきって声をかけた。

「大瀬良先生」

「ん、どうしたんだい？」

「今日の午前中、お時間いただけますか。相談したいことが」

大瀬良先生は少し怪訝《けげん》そうな顔をしたものの、あっさりと了承した。渚先生の視線を感じながら、私は逃げるように事務所奥の更衣スペースに入った。

放デイの児童指導員の一日は、子ども達が学校を終える時間帯から忙しくなるが、午前から昼過ぎ頃までは比較的時間に余裕がある。

出勤したらまず、事務所内のカーテンで仕切られた更衣スペースで制服に着替える。下は動きやすいズボンなら私物でもいいが、上は会社から支給される紺色のTシャツがある。冬場の今は、Tシャツの上から同じ色のジャージを着ることになっている。

Tシャツとジャージの左胸と背中には、いずれも白で〈放課後等デイサービスパルマ〉の文字と、開いた手のロゴマークがプリントされている。パルマはラテン語で手の平を意味し、柔らかさや温かさを象徴するものとして名前の由来となったそうだ。

「では、朝礼を始めます」

勤務時間は十時から十九時。十時になるとまず朝礼が行われ、その日のレッスンの予定などが共有される。

「今日は、まず三時からの優声《ゆうせい》くんを美海《みう》先生、元気《げんき》くんを夏帆先生。四時十五分からは煌輝《こうき》くんを渚先生……」

子ども達は週に一〜二回、自分のレッスンの時間にだけ、保護者と一緒に教室に通う。レッスンを担当する指導員は基本的にローテーションで毎回変わる。複数人でチームとして見た方が子どもの変化などに気づきやすいし、子どもの方も様々な人と関わる経験を積めるというメリットがあるからだ。

「それと、五時半から唯《ゆい》ちゃんの保護者さんと個別支援計画の面談があるので、面談室を使います。夏帆先生はこの時間レッスンがないので、事務所の電話番をお願いします」

「はい」

朝礼が終わるとすぐ、大瀬良先生は私に声をかけてきた。

「夏帆先生。さっきの件、今からでもいい？」

「は、はい」

「それじゃ、面談室に行こうか」

私は大瀬良先生と二人で事務所を出た。廊下に出ると、左右に「クラゲの部屋」「イルカの部屋」「ペンギンの部屋」と名づけられた療育室が並ぶ。教室に通う子ども達は、基本的に一人〜三人ずつ療育室に入り、指導員とマンツーマン、もしくは集団でのレッスンを受ける。

廊下を歩き、突き当たりの面談室に至るまでのわずかな間に、私はどうにか心の準備を整えた。

面談室は四人掛けの机と椅子だけが置かれている、この教室の中で一番狭い部屋だ。大瀬良先生は保護者と面談をするときと同じように、私に奥の席を譲り、自分は斜向かいの扉に近い席に座った。

「何の話か気になって、すぐ声をかけちゃったけど良かったかな」

「はい、ありがとうございます」

大瀬良先生は、もともと下がり気味の眉や目をさらに八の字にして、人の良さそうな笑みを私に向ける。無造作な髪や顎髭にはかなり白髪が交じっていて、子ども達から「おじいちゃんみたい」と言われることもある。

大瀬良先生になら、深刻なことでも穏やかな気持ちで話せる。入社したときから今までその印象は全く変わっていない。

「実は……」

私は大瀬良先生に、ツムジの病気のことを打ち明けた。年末にリンパ腫と診断され、治療しなければ余命わずかだということ。数種類の抗がん剤による治療を開始したこと。

「入院は必要なくて、週に一回抗がん剤投与や検査のために通院することになります。通院は休みの日にしますが、体調が急変したときにすぐ対応できるように、可能であれば出勤日は教室に連れてきたくて……」

「大変だったね。でも、どうして今のタイミングで相談を？」

「年末年始は教室長の仕事が忙しいかと思いまして」

「ははっ、そうだと思った。そんなの全然気にしなくていいのに」

検討の余地もないと一蹴されても仕方ないと思っていたが、大瀬良先生は詳しい話を聞こうとしてくれた。今に限らず、彼は人の提案や頼みごとを頭ごなしに拒絶しないのだ。

「ただ、業務中はどこに居させるつもりだい。事務所はちょっとなぁ」

「カメの部屋――倉庫をお借りできませんか。鍵付きのキャビネットしか置いてないから安全ですし。ツムジは中年で動きも少ないので、カーテンを引っ掻くこともないと思いますが、念のため外して遮光フィルムを貼ります」

「子ども達に見つかりはしないか」

「大丈夫だと思います。ツムジはあまり鳴く方ではないですし、カメの部屋は教室の一番奥なので、子ども達のところまで声は届かないかと」

大瀬良先生の一つ一つの質問に、私は考えられる限りの答えを返した。

どうすればツムジを安全に、かつ業務に支障なく教室に連れてこられるか、私はずっと思い巡らせてきた。インターネットで調べたところ、猫のいる職場についての記事や、実際に病を患った猫を職場に連れていった人のブログなどが見つかった。猫が職員と同じ部屋で過ごしている職場もあるようだが、安全面や猫アレルギーを持つ職員のことを考慮するのであれば、猫専用の部屋を設けるのがよさそうだった。

「夏帆先生、家はこの近くだったよね」

「はい。歩いて十五分です。ツムジはキャリーケースに入れて連れてこようと思っています」

職場への影響はもちろん、ツムジへの負担についても考える必要があった。

保護猫になる前、外で生きていた期間が長かったからか、ツムジは人慣れしており、外に出るのを嫌がることもない。通院などでキャリーケースでの移動にも慣れているが、毎日職場に連れていくとなると、できるだけ外部からの刺激を避け、ストレスがかからないように工夫しなければならない。

今までより少し早めに家を出て、キャリーケースを揺らさないようゆっくり職場まで歩こう。それでも揺れてしまったときに備え、緩衝材代わりにツムジのお気に入りのタオルも入れておく。

「うーん」

大瀬良先生は、顎に手を当ててしばらく考えていた。部屋が沈黙に包まれても、空気が張り詰めないのは彼の持つ穏やかな雰囲気の賜物だと思った。

机上の置時計の秒針が微かな音を立てて動く中、大瀬良先生はついに「いいよ」と言って私と視線を合わせた。

「ありがとうございます！」

「会社の許可さえ得られればね。今日、メールで問い合わせてみるよ。それがクリアできたら、教室の先生達にも話を通す」

「はい」

私はほっと胸を撫で下ろした。まだ確定ではないものの、ツムジを連れてこられる可能性が出てきた。

緊張が解けて脱力しそうになったが、まだ仕事中だと自分を奮い立たせる。今日は三時から、二コマ続けてレッスンが入っている。すぐ準備に取り掛からなくては。

面談室を出る前に、もう一度大瀬良先生にお礼を言った。そして一緒に、指導員達のいる事務所へと戻った。

子ども達が小学校に行っている平日の午前中に、指導員は午後の担当レッスンに向けて準備をする。レッスンは基本的に指導員一人対子ども一～三人の少人数制で、子ども毎に作成された「個別支援計画」に沿って行われる。

「今日は元気くんと、桃《もも》ちゃんか……」

事務所のロッカーには子ども毎に個人ファイルがあり、表紙をめくるとまず、教室長と保護者の面談によって決定された個別支援計画が綴じられている。子どもの現状と、それに対する支援の方法が記載されたものである。

私が今日、最初にレッスンを担当する元気くんについては、個別支援計画に次のような目標が挙げられている。

①　折り合いをつける：こだわりが強く出た際にも、指導員とのやり取りの中で落としどころを見つけられるよう支援します。

② 微細運動を楽しむ：折り紙などの工作を通して、楽しみながら手先を器用に使えるよう支援します。

個人ファイルには、これまでのレッスンの記録も時系列順に綴じられている。それらを確認しながら、今日のレッスンの内容を考えていく。

「学習プリント、折り紙。そうだ、元気くんブロックが好きだから、それも用意しておかないと」

元気くんは、毎回レッスンの最後に大好きなブロック遊びをすることになっており、これも個人ファイルの共有欄に記載されている。子どもの好きなことや得意なことを伸ばしていくのも、目標を達成するのと同じくらい大切だ。

「渚先生、先週、元気くんのレッスンを担当されたんですよね。算数の足し算、難易度上げても大丈夫そうですか？」

「いや、今の難易度でも解くのに結構時間がかかっていますから。スラスラ解けるようになって、自信をつける方がこの子にとっては大切」

疑問が出たら他の指導員に相談する。担当する指導員は毎回変わるため、雑談も含め、情報共有は何より大切だ。

あっという間に午前が終わり、昼休憩を経て、子ども達の来所時間が近づく。二時五十五分になると、今日の一コマ目のレッスンを受ける子ども達が、保護者に連れられてやってきた。

「こんにちは。元気くん、今日は夏帆先生と一緒にクラゲの部屋だよ」

「優声くんは美海先生と、イルカの部屋でーす」

指導員と子どもはそれぞれの療育室へ。保護者は子どもと別れて教室内のサロンに入る。

各療育室の天井には定点カメラが設置されており、保護者はサロンでレッスンの様子を見ることができる。サロンには四人掛けのそら豆型のテーブルと、壁付けのカウンターテーブルが一脚ずつある。保護者は備え付けのノートパソコンを棚から取って好きな席に座り、自分の子どものレッスンを視聴する。

「俺もイルカの部屋が良かったな」

「また今度だね。今日も最後にブロックするよ」

元気くんは「やったぁ！」とガッツポーズをしながら、クラゲの部屋に入っていく。二年生だが、四年生くらいに見えるほど大きな身体をしている。坊主頭に吊り上がった太い眉毛と目。いわゆるガキ大将といった風貌だ。

彼は学習や認知面で大きなつまずきはないが、こだわりが強く、自分の要望が通らなかったときに癇癪《かんしゃく》を起こすことが度々ある。教室に通い始めて間もない頃は、自分の好きな部屋に入れなかっただけで泣き続けることもあった。

個別レッスンで使用する各療育室は、八帖ほどの小さな部屋だ。小学校と同じ机と椅子が二脚ずつあり、指導員と子どもは向かい合わせになるように机をくっつける。指導員側の壁には三段のカラーボックスがあり、文房具類一式と、ミニコンポが一台置かれている。

「今日はね、元気くんと一緒にしようと思って折り紙持ってきたんだ」

「何作るの?」

「好きな色で猫の顔を作るんだよ」

私は、足元に置いた準備物の籠の中から、色の違う折り紙を一枚ずつ取り出す。元気くんは迷わず好きな青色を選んだ。

「じゃあ、先生は黄色の猫にしよう」

「どうやって作るの?」

「お手本を見せるから、一緒に折ろう。まずこうやって、三角になるように

……」

猫の折り方はいくつかあるが、元気くんが手先が器用でないことを考慮し、簡単なものにした。まず折り紙を半分に折って三角にする。それから三角の左右の角が猫の耳になるように折った後、上の角を折って形を整えれば完成だ。

しかし、最初の工程で早くも予想しなかったことが起きた。

「最初からやり直したい」

「え？　大丈夫だよ、上手に折れてるよ」

手元から顔を上げた元気くんを見て、彼の「スイッチ」が入ってしまったことに私は気づいた。さっきまでニコニコだった元気くんが、急にうんと眉根を寄せる。口元はへの字に曲がり、頬がみるみるうちに紅潮する。

「全然上手じゃない！」

元気くんは声を荒らげ、三角に折った折り紙を私に向かって投げつけた。ひらりと私の机に舞い落ちた紙をよく見ると、角が少しだけずれている。やり直したいと言った理由はこれか。

「じゃあ、もう一度開いて折り直してみよう」

「だめ！　最初から！」

「ええと……だから、こうやって開いて……」

「最初からやり直し！」

元気くんは私から折り紙を奪い、破り捨ててしまう。どうやら私の提案した「やり直し」と、元気くんの思う「やり直し」にズレがあるようだ。彼もそれを伝えたいようだが、上手く言葉にできず、苛立ちばかりが募っている。

もしかしてと思い、私は元気くんの気持ちを代弁しようとした。

「新しい折り紙でやり直したいの？」

元気くんの顔から興奮の色が引いて「うん」というなずきが返ってくる。

「じゃあ、この中から新しい紙を」

「だめ！　青がいい！」

「ごめんね、青はさっき折った一枚だけしかなくて」

私がそう伝えると、元気くんは先程より一層興奮して、言葉にならない声を上げる。立ち上がって、自分の机をひっくり返そうと両手でつかむ。

私は急いで元気くんの手を押さえ、行動を制止する。今はどんな声かけをしても通じないように見えた。安全を確保しつつ、彼が落ち着くのを待つのが最善だと思うが、私一人で対応できるか。

「放せよ、ババア！」

元気くんは叫びながら、ジャージを着た私の腕に爪を立てる。呻《うめ》いてしまいそうなほどの痛みだ。もし腕を直接引っかかれていたら、間違いなく傷跡が残るくらいの怪我をしただろう。

私は歯を食いしばり、決して元気くんに声をかけなかった。「やめなさい」と叱ることも、「別の遊びしよう」と気持ちを逸らせようとすることも、全てが子どもにとっての刺激になり、癇癪を増幅させる要因になる。

「もう帰る！　ここから出せ！」

元気くんは泣き叫びながら、部屋の入口を指差した。扉には子どもの手の届かない位置に鍵がかけられている。一度部屋から出した方がいいかと迷っていると、外から鍵を開ける音がした。

扉が開き、現れたのは渚先生だった。

「元気くん。落ち着くまで部屋の外に行こう。夏帆先生は、ここで待っててくれるからさ」

渚先生はそう言って私から元気くんを預かり、抱き上げた。

子どもが癇癪を起こしたとき、場所や対応する人を変えて落ち着くのを待つのは有効な方法だ。特に今のような、物の多い部屋の中で癇癪を起こした場合、安全を確保するためにも、広くて静かな場所に移動する方がいい。

渚先生はおそらく、元気くんをプレイルームに連れて行くつもりだ。小学校の教室と同じくらいの広さの空間にジョイントマットを敷き詰めたプレイルームには、机や椅子も、遊具もなく、クールダウンの場として最適なのだ。

思いがけない救いの手をありがたく思うと同時に、自分で対応できなかったことが情けなくもなる。

渚先生は、抱っこした元気くんに髪の毛を引っ張られながらも、少しも動じることなく廊下を歩いて行った。途中、一度だけ私の方を振り向いた。「後で反省会」と目で訴えているようだった。

元気くんは落ち着きを取り戻した後、渚先生と一緒にクラゲの部屋に戻ってきた。しかし、私の顔を見ると少し表情が強張った。癇癪を起こしたときのことを思い出してしまうのだ。彼は自分が良くない行動をしたとわかっている。

恐る恐る部屋の中に入った元気くんに、渚先生は笑顔で声をかけた。

「元気くん、落ち着いて戻ってこられたね。あとの時間何をするかは、夏帆先生と話し合って決めるんだよ」

「うん」

　渚先生は部屋を出て、扉と鍵を閉める。元気くんは席につくとしばらくうつむいていたが、顔を上げてぽつりと「さっきは、ごめんなさい」と言った。

「ちゃんと謝れたね。戻ってきてくれて嬉しいよ」

　さっき渚先生も、元気くんに「落ち着いて戻ってこられたね」と声をかけていた。子どもが癇癪を収めることができたときは、落ち着けたのを褒めることが大切だ。子どもは安心感を得られ、落ち着く方法を学んだことが自信にも繋がっていく。

「あと少し時間があるから、ブロックする？」

「したい！」

　レッスン終了まで残り十分を切っている。今日はブロックをするだけで終わってしまうが、この子にとって一つの成長の機会になったのだろうか。

　もっと上手いやり方があったのではないか。こんな風に思うのは、しょっちゅうのことだ。しかし、悩むよりもまず目の前の子どもに集中しなければ。

　渚先生の協力で気持ちを切り替えた元気くんは、十分足らずで大きなブロックのロボットを作り上げ、笑顔で教室を後にした。

その直後のレッスンは特にトラブルもなく終わり、今日の最後のコマの時間になる。大瀬良先生は保護者との面談、他二人の指導員はレッスンがあり、私は一人で事務所の電話番をする予定だった。

ところが、レッスンの時刻になっても、渚先生が席から動こうとしない。

「渚先生、レッスン行かなくていいんですか？」

「ついさっき、保護者さんから欠席の電話があったんですよ。行き渋りが酷いからって」

「行き渋り……心配ですね」

「はい。それに、来たくないと思わせるようなレッスンしかできなかった自分に腹が立ちます」

渚先生は悔しそうな顔をして、事務所のテーブルに突っ伏した。

新卒から十年間この教室に勤めている渚先生は、指導員の中で一番経歴が長い。指導員としての実力もプライドも高く、厳しくも温かい先生として子どもや保護者からは慕われている。

「渚先生、元気くんのレッスンのとき、ありがとうございました」

「いえいえ。むしろレッスンに割り込んじゃってすみません。たまたまお母さんとサロンで話しながらレッスンの様子を見ていたんですが、いてもたってもいられなくなってしまって」

元気くんが癇癪を起こした経緯も、渚先生は保護者と一緒にモニターを使って見ていたのだ。

渚先生に反省点を訊ねると、こうアドバイスがあった。

「元気くん、たぶん夏帆先生みたいに上手に折らなきゃいけないって思っちゃったんですよ」

「そうですね。真面目ですもんね」

「その真面目さが、こだわりの原因でもあるんですけどね。私なら見本をわざと少しずらして折って、これくらいで大丈夫だと事前に示します」

「そっか。それなら少しくらいずれても、やり直さなきゃいけないって思わずに済んだかも」

私が尊敬のまなざしを向けると、渚先生は照れ臭そうに、前下がりのストレートボブをかき上げた。シャープな目鼻立ちには意志の強さが表れているが、きつい印象は全くなく、むしろ落ち着いて見える。二つ年下の彼女が、自分よりずっと大人に感じられることも多々ある。

「夏帆先生、面談室で大瀬良先生と何をお話ししてたんですか」

「え？」

ぼんやりしていたところで話題を変えられ、とっさに返事ができなかった。会社に確認を取れるまで、ツムジのことは不用意に言わない方がいい。

「すみません。近いうちに、ちゃんとお話しします」

「……」

渚先生が黙り込む。言葉を選んだつもりだったが、余計に不安にさせてしまったか。そういえば今朝、大瀬良先生に声をかけたときから、彼女は私を気にしていたようだった。

「まさか退職じゃないですよね」

「え？　ええ、そういうのでは全くないですよ」

私が断言すると、渚先生はホッと息を吐き出した。そして、いつになく饒舌《じょうぜつ》な口調で、普段から思っているということを私に打ち明け始めた。

「私は夏帆先生のこと、きっと良い指導員になると思っています。さっき元気くんが暴れたときも冷静で、むやみに声をかけたりしなかった」

「私はそんな大したことは……」

「いいえ。もし美海先生だったら、元気くんをなだめるために、新しい青色の折り紙を事務所に取りに行ったと思いますよ。そんな対応をしたら、癇癪を起こせば自分の思い通りになるという誤学習を招いてしまう」

美海先生は今日出勤しているもう一人の指導員で、私と同じ時期に入社した新卒一年目の女の子だ。子どもが大好きで、教室に通う子ども達とも友達のように仲良く接している。

今、美海先生は療育室でレッスン中だ。陰口のようにはしたくなかったが、渚先生は話を止めようとしない。

「美海先生も、今日お休みの碧《あおい》先生も、子どものことを可愛いって言うばかりで、指導員としての責任なんて全く感じてない」

そう言うと、渚先生はフンと鼻を鳴らした。

「可愛いなんて、あの子達の人生を真剣に考えていないから言えることなのよ。あの子達はいずれ大人になる。子どもの頃は可愛いで済まされていたことも、大人になれば許されず、社会から疎外されるようになるわ。あの子達がそうならないように育てるのが私達の役目なのに」

思わずうなずいてしまった。美海先生達には申し訳ないが、渚先生の言うことはもっともだという気がした。

この教室に通う子ども達は、様々な困難を抱えて生きている。先天的な特性だから、変えるのには限界があると考える人もいるだろう。けれど、私達は常に子ども達の力を信じ、不可能を可能に変えるために日々奮闘している。

ツムジに診断が下されたとき、寛解が難しいとわかったうえで抗がん剤治療を選んだのも、命の可能性に賭けたかったからだ。ツムジの命を救うためなら、できることは何でもしてあげたい。

だからこそ、ツムジをこの教室に連れてこられるよう、今の私はただ祈るばかりだった。


幸運なことに、翌日早くも朗報があった。ツムジを教室に連れてくることについて、業務に支障をきたさないことを条件に会社から許可が下りたのだ。

会社には大瀬良先生が個人的にメールで問い合わせてくれて、今朝返信があったとのことだ。その後、大瀬良先生に促され、私は指導員一人一人にツムジのことを説明し、承諾を得て回った。

「大瀬良先生と面談してたのも、猫の件だったんですか」

「はい。……すみません、すぐ言えなくて」

「いえいえ、別にそれはいいんですけど、うーん、猫かぁ」

　渚先生は少し不服そうな反応を示したが、それ以上に、私と大瀬良先生の面談内容がわかってスッキリしたようだった。

　他の指導員達からも承諾を得ると、私はさっそく昼休憩などの業務外の時間を使って、ツムジが過ごせるようカメの部屋を整備していった。

　教室の一番奥に位置するカメの部屋は、昔はレッスンを行う療育室の一つだったらしい。しかし、近隣に競合する放デイが増えたこともあってか、教室の利用者数が減り、カメの部屋を療育室として使う必要がなくなった。そのため、今では過去の資料を保管するための倉庫になっている。

　これからツムジは、私が出勤している時間はカメの部屋で、帰宅後や休日は今までどおり私のアパートの部屋で過ごすことになる。猫は大きな環境の変化を嫌うため、私の部屋にあるツムジ用グッズと同じものをもう一式買い足して、カメの部屋に設置することにした。

　カメの部屋に入ると、手前の壁際に資料の入ったロッカーが並んでいる。他に物はなく、猫一匹を飼うには十分なスペースがある。

　奥の壁には、学校の教室のような大窓がついている。もともとあったカーテンは、ツムジが引っ掻くのを防ぐために取り外した。代わりに遮光フィルムを貼ったが、窓越しに日向ぼっこできるスペースを作るため、一部のみフィルムを貼らず直射日光が入るようにした。

　床には全面に、滑り防止のジョイントマットを敷いた。窓際の端に段ボールで作ったハウスを置き、中には猫用ベッド。クリーム色のマカロンの形をした、クッションタイプのベッドだ。

　ハウスの傍には食事、水用のボウルを並べて置いた。そしてハウスと反対側の端にはトイレを。ただでさえ食欲が落ちているところ、排泄物の臭いがあると余計に食事をしたがらなくなってしまう。トイレは食事スペースから十分に離し、砂には消臭剤を撒いた。

　整備が済んだ日の終業後、私は改めて部屋の中をぐるりと見渡しつつ、ツムジを明日からここに連れてこられるかとイメージをしてみた。もともと療育室だったので、エアコンもついている。これなら快適に過ごせるはずだ。

翌日の朝、私はツムジをキャリーケースごとカメの部屋へと運んだ。ケースから出た後、そわそわと部屋の中を行ったり来たりしていたツムジだったが、しばらくすると隅の段ボールハウスに入り、自宅と同じクリーム色のマカロンベッドに潜り込んだ。

カメの部屋の鍵付きロッカーには、教室を卒業した子ども達の個人ファイルが保管されている。しかし、普段の業務では使わないため、カメの部屋を職員が訪れることは滅多にない。必然的に、ツムジは私の仕事中は誰とも接することなく部屋をほとんど独占することができた。

そんな中、ある日の昼休憩中に、同僚の指導員二人がツムジを見てみたいとカメの部屋にやってきた。

「初めましてツムジくん。わぁ、目クリクリで可愛いー！」

そう言って日向ぼっこをしていたツムジの背中を撫で始めたのは、新卒の美海先生。子ども達に接するときと同じく、ツムジにも「可愛い」を連呼する。彼女自身も可愛く着飾るのが好きで、髪は編み込みのポニーテール、メイクはラメが多めのピンク系だ。女の子達からはお姫様みたいだと絶賛されている。

「猫を飼ってる親戚からボール借りたんだけど、こういうの好きかなぁ」

ボールの玩具を持って現れたのは、二十七歳で指導員歴五年目の碧先生だ。ボーイッシュなマッシュショートヘアや、化粧っけのないさっぱりした顔立ちのせいか、子ども達から男性と見間違えられることもしばしば。本人はそれを嫌がることもなく、男の子と話すときは、つられて男口調になっていたりもする。

碧先生が持ってきてくれたのは、中に小さな鈴の入ったピンポン玉サイズのプラスチックボールだった。もともと毛糸のポンポンなど球形の玩具で遊ぶのが好きなツムジは、鈴入りボールもすぐに気に入った。器用に前足でドリブルを楽しんだ後、疲れたのかまた窓際に行き、お腹を見せてごろんとなる。

「ツムジくんのお腹の毛、渦巻きみたいな模様ですね」

「だからツムジって名付けたの」

「あぁー、やっぱりそうなんですね」

仰向けのまま、ツムジの目はゆっくりと糸のように細くなっていく。近づいて、お腹にそっと手を当ててみた。日光に当たって温かくなったお腹が、上下に規則正しく動いている。どうやら眠ってしまったようだ。

「おやすみ、ツムジ」

そう言って顔を近づけた瞬間、干したての布団のような匂いがした。

猫の匂いは天気の匂いだと、ツムジから教わった。今日みたいな晴れた日は、まるで日の光を吸い込んでいるかのような、ぽかぽかした匂いがするのだ。

ツムジが抗がん剤治療を始めてから一ヶ月が経とうとしていた。

治療の方法は、数種類の抗がん剤を一～三週間毎にローテーションで投与する多剤併用療法というものだ。一つの抗がん剤だけだと体が慣れて効果が薄れてしまうため、こういった方法をとるらしい。

投与の方法は抗がん剤の種類によって異なり、初回の投与は静脈注射で行われた。治療と診察は午後の早いうちに終わったが、副作用が不安でその日は深夜までツムジから目を離すことができなかった。帰宅後のツムジはドライフードを少し食べた後、部屋の隅の段ボールハウスに入り、ベッドの中でじっとしていた。下痢や嘔吐といった副作用はなかったものの、体はだるそうだった。

幸い、翌日からは薬の効果が出始めたようで、食欲が回復するとともに、部屋の窓枠に跳び乗ったりと元気に動くようになった。

けれど、油断はできなかった。抗がん剤のローテーションが一周するまでは、種類が毎回変わり、効果や副作用の出方も全く異なるかもしれないからだ。

特に四週目のときは、主治医が言うには一番強い抗がん剤とのことだったので、私も不安が大きかった。実際、投与を受けたツムジは、治療開始から初めて副作用の症状が見られた。投与から三日で二度も嘔吐し、食欲もなくなってしまったのだ。四日目に急きょ、午前に休みを取って病院で点滴と注射をしてもらったところ、ツムジは元気を取り戻した。

直近の通院では、主治医から嬉しい報告もあった。

「この一ヶ月で体重も大方戻ってきましたね。腫瘍も小さくなっていますよ」

思わず診察台からツムジの体を持ち上げ、抱き締めた。痩せ細っていた時期を知っているからこそ、腕の中に重さを感じられることが嬉しくてたまらなかった。

もちろん、このまま寛解に持ち込めるという保証があるわけではない。けれど、今、ツムジは美味しそうにご飯を食べることができている。元気に動くこともできている。夜はよく眠れている。こういったことが何一つ当たり前でないと気づいたからこそ、私はツムジの何気ない動作一つにも、この上ない喜びを感じるようになっていた。

一月最後の日曜日。

昨日の晩から明け方にかけて、関東地方に大雪が降った。出勤前、ツムジが寒がらないように、キャリーケースに入れる際にタオルをいつもより一枚多く体に巻いておいた。

私が出勤する時間には雪は止み、エルム通り商店街の路上の雪も溶け始めてはいたものの、歩道では店の人々がスコップで雪かきをし、道路にはチェーンタイヤの自動車が走っていた。立ち並ぶ店の屋根は白く染まり、視線を下げると、プランターの花も雪を被っていた。

大倉山教室では、一週間の中で最も多くの子どもが通うのは日曜日だ。中でもお昼前にあたる二コマ目は、個別レッスンが二つ、子ども三人の集団レッスンが一つあり、計五人の子どもが一度に来所する。

毎週通っているうちに、同じ時間に来ている子どもや保護者の間で交流が生まれることは多い。この時間の五人もとても仲が良く、レッスン前後の玄関や廊下は非常ににぎやかになる。

「鉄夫《てつお》くん、今日は夏帆先生と一緒にペンギンの部屋だよ」

私が担当するのは、鉄夫くんという四年生の男の子だ。電車が大好きな鉄夫くんは、今日はスパンコールで大きな新幹線が描かれたTシャツと、線路の模様が入ったズボンを着ている。

電車に関することならいつまでも話し続けることができるが、一方でその他のことには注意が向きにくい。現在の知識や強みを生かしつつ、興味の幅を広げていくことが彼への支援の目標だ。

「一番線に電車が到着します」

鉄夫くんは三つの療育室のことをそれぞれ「○番線」と呼び、入室の時間になると車掌さんの声真似をする。

「あはは、それじゃ、扉が開きまーす」

私も一緒に、車掌さんになりきってペンギンの部屋の扉を開ける。

レッスンに使うプリントや教材には、鉄夫くんの好きな電車を取り入れるようにしている。好きな物を足掛かりにして様々なことに挑戦する中で「できた」「楽しい」という経験を増やし、世界を広げるきっかけを作っていく。

「今日は最初にね、ローマ字読みのプリントするよ」

「えーっ。僕、ローマ字嫌い」

「大丈夫だよ。先生も一緒に読むし、鉄夫くんの好きなものばかりだから」

昨日のうちにパソコンで作っておいたローマ字のプリントを、鉄夫くんに差し出す。

1. HIYOSHI
2. TSUNASHIMA
3. ÔKURAYAMA

最初は紙面を見てぽかんとしていた鉄夫くんだったが、私が「日吉《ひよし》、綱島《つなしま》、大倉山……」と一つずつ指差しながら読んでいくと、突然「あっ！」と目を輝かせた。

「わかった、東横線の路線図だ！」

そこからは私が言わなくても、鉄夫くんは順番に次々と駅名を読んでいく。ローマ字を理解して読んでいるわけではないが、普段から路線図を見て駅の順番をほぼ全て覚えているのだ。

駅名をすぐに思い出せないときは、私がヒントを出しながら、ローマ字の読み方を伝えていく。

「東白楽《ひがしはくらく》の次って何だっけ」

「これ？　これはね、最初がＴＡだから『た』で始まる駅だよ」

「た……た……そうか、反町《たんまち》だ！」

「大正解！　反町の次は横浜、その次の新高島《しんたかしま》も『た』がつくからＴＡが入ってるんだよ」

「へーっ」

鉄夫くんは、小学校では週に数時間、通級指導という別室での授業を受けているが、国語の授業は普通学級で受けている。一度、お母さんが授業参観に行ったときは、プリントの余白にひたすら電車の絵を描いていたそうだ。

彼のように興味に偏りのある子どもは、皆と同じように行動することが苦手なため、空気を読めない子とみなされて集団から孤立することもある。鉄夫くんの担任の先生も、何とかしてやりたいという気持ちはあるものの、日々の業務に追われ、一人一人の生徒に対し細やかな支援は難しい状況とのことだ。

放デイは、そんな風に保護者や学校だけでは取りこぼしてしまうような困りごとを掬い上げ、子どもの力を伸ばしていく。

「これで今日のローマ字はおしまい。頑張ったね」

した。

「先生、次は相鉄《そうてつ》本線の海老名《えびな》行きがいいな」

「わかった。じゃあ、今度のレッスンのとき用意しておくね」

その後も電車を用いた教材を活用しながら、今日の鉄夫くんのレッスンは終了した。

レッスンが終わると、指導員は子どもを連れて保護者のいるサロンに移動する。それから五分ほどかけて、その日のレッスンのことを保護者と共有する「フィードバック」が行われる。

私は鉄夫くんと一緒にペンギンの部屋を出た。廊下は他の療育室から出てきた子どもと指導員の姿もあってかなり混雑してしまっていた。

そして、そんな中で予期せぬ事件が起きた。

「四番線から猫の声がする！」

鉄夫くんが突然そう叫んだかと思うと、サロンと反対の方向に走り出したのだ。まさか――。

「鉄夫くん、どうしたの」

「先生、四番線の列車に猫がいるよ」

鉄夫くんは廊下の突き当たりで、カメの部屋の扉にぴったりと耳を当てている。慌てて駆けつけると、中でツムジが鳴いているのがわかった。ほんの小さな声だというのに、鉄夫くんは廊下にいても聞こえたのか。

「カメの部屋に猫がいるの？」

「カメの部屋って物置じゃなかったの？」

鉄夫くんに続き、レッスンを終えた他の四人の子ども達も集まってくる。保護者達も待ちきれずにサロンから出てきて、困ったように顔を見合わせた。

他の子達に見守られながら、鉄夫くんはカメの部屋を開けようと扉に手をかけた。鍵がかかっているので開かないはずだ。上手く言ってごまかし通すか、それとも正直に事情を説明するか。

どうするべきか考えようとした私だったが、そんな暇さえ与えられることなく、状況はまた一転する。

「あっ、開いた！」

嘘でしょう、と声が出そうになった。今朝ツムジを置いて部屋を出たときは確実に鍵を閉めたのに、いつの間に開いてしまったというのだ。

もう何年間も子どもが足を踏み入れなかったカメの部屋に、鉄夫くんを先頭にして子ども達が次々と駆け込んでいく。

「猫だ！」

「猫がいた！」

「可愛い！」

ツムジに飛びつく五人の子ども達。

廊下でざわめく保護者、うろたえる指導員。

何もかもが浅はかだったことを痛感した。ツムジが大人しいからといって、子ども達に気づかれないだろうと高をくくっていたのだ。こうなることは当然想定しておくべきだったのに、私は自分がツムジの傍にいたい一心で、ツムジを教室に居させることのリスクから目を背けていた。

「君達、いったいどうしたんだい」

騒ぎに気づいた大瀬良先生が、事務所から出てきて子ども達に歩み寄った。

「大瀬良先生、どうして猫がいるの？」

「ごめんね。もう帰らなきゃいけない時間だから、今度お話しするよ」

「えーっ、やだやだ。猫と遊びたい」

駄々をこねる子ども達を、大瀬良先生と指導員一同でほとんど強制的に玄関へと連れていく。大瀬良先生は保護者一人一人にも頭を下げ、猫のことは後日必ず説明すると約束した。

何とか子ども達全員を帰し、昼休憩の時間になる。

「大瀬良先生、申し訳ございません。私……」

「ツムジくんのことは明日話し合おう。今日は残りのレッスンに集中して」

大瀬良先生がいつもの穏やかな笑みを浮かべていることが、私にとってこの上ない救いだった。

「業務に支障をきたさないことが、会社から出されている条件だからね」

「は、はいっ」

昼食をとる前に、もう一度カメの部屋にツムジの様子を見に行った。突然たくさんの子どもと出くわして驚いたのか、ツムジはハウスの中で丸くなっていたが、私の姿に気づくと小さく鳴いて這い出てきた。

ボウルの水を替え、カメの部屋を出た。そして念のためにもう一度、扉に鍵がかかっていることを確認しておいた。

第二章　梅まつりと思いのまま

　鉄夫くん達がツムジを見つけて大騒ぎになった翌日、週明けの月曜の午前中に緊急ミーティングが開かれた。

「教室に通ってくれている子ども達や保護者とはツムジを接触させないようにしていましたが、そうであっても保護者には事前に説明をしておくべきでした。これは教室長である私の責任です」

　大瀬良先生が、今日出勤している指導員達に向かって最初にそう言った。事務所の入口から一番遠いところ、六人掛けの大テーブルの奥が彼の席だ。その隣は渚先生だが、今日はシフト休のため空席になっている。

　私の席はその隣だ。だから今は、空席を挟んで大瀬良先生と隣り合うように座っている。私はうつむいたまま、大瀬良先生の顔をまともに見ることができずにいた。私が猫を連れてきたせいで皆に迷惑をかけている。

「今週、私と夏帆先生の二人で、保護者一人一人に声をかけて事情を説明します。不安や反対を口にする人がいれば都度話し合いますが、その結果によっては今後ツムジを教室に居させられなくなるかもしれません」

私は何とか顔を上げ、精一杯のしっかりした表情と声を作った。

「はい。お手数をおかけしますが、よろしくお願いします」

他の指導員達は黙ったまま小さくうなずく。そんな中、私の正面に座っている新卒の美海先生が、何かを言いたそうに大きな目をキョロキョロ動かして、皆の様子をうかがっていた。

「美海先生、どうかしましたか？」

大瀬良先生も気づいたらしく、美海先生に声をかける。

「あっ、何というか、今ちょっと思いついただけなんですけど……」

美海先生は、いつも子ども達と話しているときとは別人のような、たどたどしい口調で前置きをする。社会人になってそろそろ一年だが、ミーティングのような畏まった場で発言するのはまだ苦手なようだ。

一呼吸置いた後、美海先生はこう言った。

「いっそ、子ども達も一緒にツムジくんの世話をしてみませんか？」

自信のなさそうな物言いと、大胆な発言とのギャップに皆が驚き、事務所内は数秒静まり返った。

沈黙を破ったのは、美海先生の隣に座っている碧先生だった。

「ちょっと、それは無理があるんじゃないですかね。あの子達と遊ぶの、凄く体力を消耗するじゃないですか。体力に自信のある私でさえ、子ども達と遊んだ後はクタクタですよ。下手すればツムジの病気が悪化するかも」

それについては私も同意見だった。

猫だ、猫だと鉄夫くん達に囲まれたあのとき、一人の子が手を伸ばしたのと同時に、ツムジは部屋の隅にあるハウスの中に駆け込んでしまった。人慣れしているツムジでも、元気盛りの子ども達に騒がれるのはさすがに驚いたようだ。子ども達とツムジを触れ合わせるのは、リスクが高いように思う。

しかし、大瀬良先生は二人の意見に対して何も言おうとしない。

そんな中、まだ一度も発言していなかった人物が腕をすっと上に伸ばした。碧先生の隣、大瀬良先生の正面に座っている、指導員の砂弥《さや》先生だ。

「私は美海先生の意見に賛成です」

意外すぎる発言に、皆ぎょっとした顔で砂弥先生の方を向く。

砂弥先生は四十代半ばの女性で、大瀬良先生を除けばこの教室で最年長だ。指導員の中で唯一、子育ての経験もある。パルマでの指導員歴は二年ほどで、去年十二月に近隣の教室から大倉山教室に異動してきたばかりだ。

性格そのものが控えめなのか、異動したてで遠慮しているのか、日頃から職員の会話に入ってくることはほとんどない。それどころか、子ども達とも一線を画しているようにさえ見える。明るい色のショートヘアがトレードマークで、子ども達から「外国人の先生」なんて呼ばれることもあるが、そんなときも否定せず微笑むだけだ。

砂弥先生がミーティングで自分の意見を言うのも、これが初めてだ。はっきりと賛成の意を示すのは、それなりの理由があるのだろう。皆も私と同じように思ったらしく、砂弥先生をじっと見て、続く彼女の言葉を待った。

「実際に、動物を飼ってアニマルセラピーを取り入れている放デイもあります。ツムジの体調に支障が出ないよう注意を払う必要はありますが、猫と触れ合う中で子ども達にも良い変化が表れるかもしれません。保護者の方にも、そう説明した方が受け入れてもらいやすいのではないかと」

確かに、保護者の同意を得るには、子どもにとってもメリットがあるということとを伝えた方が良いかもしれない。砂弥先生自身も子どもを育てている親であるからこそ、彼女の発言には説得力があった。

砂弥先生はわずかに顎を上げ、目にかかるくらい伸びた前髪の下から私に視線を送る。決定権は飼い主の私にあると言うかのように。

黙っていた大瀬良先生も、私に尋ねてくる。

「夏帆先生はどう思いますか？」

この教室の子ども達がツムジと一緒にいるところを想像しようとする。しかし、どうしても昨日のように元気いっぱいの子ども達に囲まれて戸惑っているツムジの姿が頭に浮かんでしまう。

ツムジと子ども達を安全に会わせるためには、どうすればいいだろう。まだ明確な答えが出たわけではないが、今の時点で思いつく限りのことを先生達に伝えようとした。

「条件付きでなら、子ども達がツムジに会える時間を作ってもいいように思います。例えば、必ず一人ずつ順番に、かつ指導員と一緒に……とか」

私の発言を皮切りに、皆も続々と意見を出し始める。話は自然と、美海先生のアイデアを実現させる方向に動いていった。

午前中いっぱいの時間をかけて、私達は子ども達がツムジと触れ合うために次のようなルールを作った。

・子ども本人と保護者が希望する場合のみ、レッスンの最後の十分間をツムジと触れ合う時間に充てる。
・必ずレッスン担当の指導員が子どもに同行し、カメの部屋に入って行う。
・食べ物は与えない。
・ツムジの負担を鑑みて、会うのは一コマにつき子ども一人に限定する。同じ時間帯に複数の子どもが希望した場合は、教室側で順番を決める。

「では、今日の午後からさっそく、保護者への説明を行っていきます」

大瀬良先生がそう締めくくり、ミーティングは終了となった。

私は皆にお礼を言った後、昼休憩に入ってカメの部屋へと向かう。ツムジはハウスの外でボウルに入った水をペロペロと舐めていた。

「よかった、ご飯も減ってる。ちゃんと食べてるのね」

食事用のボウルに入ったドライフードの減りを見て、私は一安心する。

猫を飼うときの食事の与え方は、決まった時間に食事を出す方法と、一定量を出しっぱなしにしておく「置き餌」という方法がある。ツムジは飼い始めた当初から置き餌で育ててきた。

置き餌は主にドライフードだが、抗がん剤治療を始めてからは、それとは別で朝と晩に猫用のパウチまぐろをスプーン一杯分与えている。病院で処方されたステロイドなどの薬を飲ませるためだ。錠剤をそのまま口に入れようとしても飲んでくれず、砕いて好物のまぐろに混ぜる方法に辿り着いたのだった。

今朝もツムジは錠剤入りのまぐろをぺろりと食べた。午前中に置き餌のドライフードも少し食べ、今は花びらみたいに薄い舌を懸命に動かして水を飲んでいる。治療前の嘔吐を繰り返していた頃と比べると、見違えるような姿だ。

「ふふっ。また後で水を替えに来るね」

事務所に戻ると、他の先生達が昼食をとり始めているところだった。

昼休憩は時間をずらさず全員一斉にとる。大瀬良先生は外に出ていくことが多いが、指導員は事務所で昼食をとりながら雑談をして過ごすのが定番になっている。

「夏帆先生、ツムジくんのお世話もしながら、毎朝自分のお弁当も作っていて凄いですよね」

　事務所の電子レンジで弁当を温めていると、美海先生が後ろに並びながら声をかけてきた。片手にコンビニの袋を下げている。

「それを言うなら、砂弥先生なんてお子さんの分までお弁当作ってるよ」

「ですよね。凄いなぁ、私なんて毎朝仕事に間に合うように起きるのが精一杯」

　美海先生は大学時代まで実家で暮らしていて、社会人になると同時に一人暮らしを始めたらしい。私が弁当を温め終えると、美海先生はチルド弁当のオムライスを電子レンジに入れた。

「皆さーん、お肉屋さんのコロッケ買ってきましたよー！」

　事務所の扉が勢いよく開いて、制服の上にダウンジャケットを羽織った碧先生が買い物から戻ってくる。

「わぁ、ありがとうございます。あの、お金」

「一個八十円だし全然大丈夫ですよ！　これ食べて午後も頑張りましょう」

　職員で団欒《だんらん》するのが大好きな碧先生は、ときどき昼食を買いに行くついでに差し入れを調達してくる。今日は近くの大曽根《おおそね》商店街にある老舗《しにせ》のお肉屋さんで、人数分のコロッケを買ってきてくれた。

「美味しいーっ」

「ははっ。渚先生がいたら、太るから要らないとか言いそうだけど」

「本当にストイックですよね、彼女」

コロッケは揚げたてだったようで、衣はサクッと香ばしく、中の具もまだ温かった。滑らかになるまで潰されたジャガイモに牛肉の旨味が染みて、何個でも食べてしまいそうな美味しさだった。

二月中旬に入り、真冬の寒さが少し和らぎ始める。

大倉山教室は駅の東側に位置するが、反対の西側には、梅の名所として有名な大倉山公園がある。四十六種類、約二百二十本の梅が植えられ、早咲き、中咲き、遅咲きの順に開花していく。毎年この時期には梅まつりが開催され、近隣の商店街からは屋台の臨時店舗も出される。

ツムジの体調は安定している。ツムジの病気のことや、教室で飼うことについて保護者への説明も済み、無事に全員から同意を得ることができた。

美海先生のアイデアである「レッスン中にツムジと触れ合う時間を設ける」ことについても、予想していたより多くの利用者からの希望があった。

「先生、今日は僕ツムジに会えるの？」

「ごめんね。今日は他のお友達が会う番なんだ」

「えーっ」

「今度来るときは鉄夫くんが会える番だから、楽しみにしてて」

子ども達の中で最初にツムジを発見した鉄夫くんは、早くも再会を心待ちにしているようだ。

ツムジに会えるのは一コマにつき一人のみ。

順番を待てず「今日がいい」と泣き崩れる子もいた。その度に、指導員である私達は「たくさんの人に会うとツムジが疲れちゃうから、今日は一人しか会えないんだ」と理由を伝える。

そして「今日は他のことをしよう」と別のことを提案すると、多くの子ども達は受け入れてくれた。中には泣きじゃくったまま帰宅した子もいたが、それもその子にとって一つの経験になると大瀬良先生は言う。

「こんにちは、花音《かのん》ちゃん。わぁ、今日は一段と可愛い！」

「えへへ、ツムジに会えるからオシャレして来たの」

教室に来てすぐ美海先生とはしゃぎ始めたのは、鉄夫くんと同じく日曜二コマ目の時間帯に通っている花音ちゃんだ。

今日、私は花音ちゃんの担当で、レッスンの最後に彼女をカメの部屋に連れていく予定になっている。

「花音ちゃん。今日は夏帆先生と一緒にツムジに会いにいこうね」

「うん！　ねぇねぇ、ツムジって夏帆先生の猫なんだよね？」

花音ちゃんが、その場でくるくると身体を回転させて嬉しさを表現する。緩くまとめられた一本の三つ編みが、動きに合わせて軽やかに揺れる。薄紫色のワンピースに身を包まれたその姿は、おとぎ話のお姫様のようだ。

「頑張るんだぞ、花音。パパはあっちの部屋で見てるからな」

「うんっ」

花音ちゃんの脱いだコートを腕に抱えたお父さんが、空いている方の手を開いて娘に向ける。花音ちゃんも手を伸ばし、お父さんの手にタッチする。

お父さんに目をやると、顔のあらゆる筋肉を緩ませて笑っていた。これは今に始まったことではない。保護者の中で一番我が子を溺愛しているのは間違いなく彼だろう。

花音ちゃんのお父さんは私達と別れ、サロンへと向かう。レッスン中の娘の様子を、モニター越しに見ながら応援するのだ。

「じゃあ、私達も行こう。花音ちゃん、今日はクラゲの部屋だよ」

「カメの部屋じゃないの？」

「カメの部屋に行くのは後だよ」

「えーっ、つまんない」

花音ちゃんは二年生で、この教室に通い始めてまだ三ヶ月ほどだ。

お話が上手で、知能面で発達の遅れは全くない。しかし、文字を書くことに著《いちじる》しい困難を抱えている。本人も小学校で他の子との違いを感じて自己肯定感が下がっており、文字書きだけでなく、お絵描きなどにおいても筆記具を持つこと自体を嫌がるようになってしまったという。

大瀬良先生が保護者と話し合い、まずは楽しい活動を通して書くことへの抵抗をなくしつつ、困難の原因を探っていこうということになった。

「今日は画用紙にクレヨンでお絵描きするよ。先生は動物を描こうかな」

「じゃあ、花音は大倉山の梅まつりを描くー！」

花音ちゃんは昨日の土曜日、両親と一緒に大倉山公園の梅まつりに行ったらしい。昨日の天気は雲一つない快晴だった。

花音ちゃんはまず、青空から描き始めた。紙一面を、水色のクレヨンで大胆に塗っていく。次に茶色で、左右から伸びる梅の枝を描く。

最後に、赤とピンクと白のクレヨンをトントンと枝の周りに押し当て、梅の花びらをつけていった。そういえば、大倉山公園の梅林には、一つの枝に複数の色の花が咲く「思いのまま」という珍しい品種があると聞いたことがある。

紙面に花の色が広がっていく様子に、私は思わず見とれてしまった。まるで花音ちゃんが花を育て、咲かせているようだ。

絵を完成させた花音ちゃんは「できたー！」と両手でバンザイする。手の平のあちこちにクレヨンの色がついている。

お絵描きを終える前に、私は思い切って一つの提案をしてみた。

「花音ちゃん。裏に花音ちゃんの名前を書いてみない？」

「え、どうして？」

「花音ちゃんの大切な作品だから、なくさないように」

やはり文字書きは気が進まないのか、花音ちゃんはしばらく自分の絵をじっと見て、何かを考えているようだった。そして私と目を合わせないまま、ぼそっと呟くように「いいよ」と答えた。

「ねぇ、鉛筆じゃなくてピンクで書きたい」

「ピンクもいいけど、名前は鉛筆にしない？　鉛筆なら、間違えちゃっても消しゴムで消せば書き直せるよ」

花音ちゃんは納得した様子で私の提案を受け入れた。

彼女のフルネームを漢字で書くと「日田《ひだ》花音」だ。どれも低学年で習う漢字で、画数も多くないが、それでも自信がないのか、花音ちゃんは私が書いた見本を見ながらゆっくり慎重に鉛筆を運んでいく。

「ああっ、変になっちゃった！」

「消しゴム使う？」

「うん」

花の文字の曲線が歪んでしまい、花音ちゃんは線が完全に消えるまでゴシゴシと力を入れて消しゴムをかけた。今度は歪まないように、先程よりもいっそう丁寧に、一画一画を書き進める。

「ふぅーっ、疲れた！」

苦手な漢字書きを終えた花音ちゃんは、疲れたと言いながらも清々しい表情をしていた。

花音ちゃんの書いた文字は、明らかな誤りはないものの、やはり歪《いびつ》なところが目立っていた。日と田の字は、接しているはずの線と線が離れていたり、はみ出していたりする。花の字は最後のハネが右に長く伸びてしまい、音の字は「立」に対して「日」の大きさが倍以上だ。

それでも、花音ちゃんは自分の名前を一生懸命書ききった。パルマに通い始めた頃は筆記具を持つことさえ嫌がっていたのだから、驚くべき成長ぶりだ。

「頑張ったね。後でお父さんにも見せようね」

「だけど、田だけ他の字より大きくなっちゃった」

「そうだね。でも、大きい字もカッコいいよ」

花音ちゃんが「本当？」と安心したような笑顔を見せる。きっとサロンにいるお父さんも、モニター越しに娘の頑張りを見て喜んでくれているはずだ。

それからレッスン終了十分前まであっという間に時間は過ぎ、私は花音ちゃんと一緒にツムジのいるカメの部屋へと向かった。

部屋に入る前、花音ちゃんが扉をコンコンとノックする。

「ツムジくん、こんにちはー！」

ツムジは窓際で毛づくろいの最中だった。

「人間みたいに座ってるね」

「あはは、ツムジはいつもこうなんだよ」

ツムジは壁に背をもたせ、足を広げて座っている。渦巻き模様の毛で覆われたお腹が丸見えだ。そのままの姿勢でひょいと片足を上げ、首を下にうんと伸ばして器用に舐めている。

「ねぇ。先生、見てっ」

「え?」

花音ちゃんは突然ワンピースのポケットに手を突っ込むと、中から短いスティック状の何かを取り出した。

「れ、レーザーポインター?」

「うん。パパがこれでツムジと遊んでおいでって言ってくれたの」

私は試したことがないが、部屋の壁や床にレーザーポインターの光を当てると、猫はそれを捕まえようとして遊ぶと聞いたことがある。

しかし、そのためには猫専用のレーザーポインターを使わなければならない。それ以外のレーザーポインターは光が強すぎて、猫が目を傷める原因になる危険性があるからだ。

「花音ちゃん。猫には猫用のレーザーポインターしか使えないんだよ」

「え？　これ、猫用のレーザーポインターだよ」

花音ちゃんのレーザーポインターをよく見ると、軸に肉球のマークとともに〈CAT　LASER　POINTER〉と印字されていた。

「花音ちゃんの家って、猫飼ってるの？」

「ううん。パルマで猫と遊ぶってパパに言ったら、買ってくれた」

花音ちゃんのお父さんの、娘に向けたデレデレの笑顔が頭に浮かぶ。このためだけに猫用のレーザーポインターを買い与えるとは、やはり凄まじい溺愛っぷりだ。

ツムジはレーザーポインターで遊んだことがない。そのうえ、光を追いかけて走り回れるだけの体力があるかどうかも疑わしい。

「ありがとう。だけど花音ちゃん、ツムジはあまり元気じゃないんだ。刺激を与えすぎたら――」

「大丈夫だよ！　ほらっ」

花音ちゃんがレーザーポインターのスイッチを押し、ツムジから見て二十センチほど先の床に光を落とす。ツムジは毛づくろいに夢中で、すぐには光に気づかなかった。花音ちゃんは光を床の上で動かして、少しずつツムジに近づけていく。

光に気づいたのか、ほんの一瞬ツムジの動きが止まった。かと思いきや、瞬きする間もなくツムジは四つん這いに体勢を切り替え、前足で床の光を捕まえようとする。

「きゃはははっ」

花音ちゃんが、すかさず光をツムジの真横に移動させる。ツムジはまた素早く体の向きを変え、前足を伸ばす。

ツムジには嫌がる気配も、疲れも見られない。リンパ腫の診断を受けてから、できる限り安静にさせようと努めていたのだが、実際は――。

「ツムジ、楽しそうじゃん……」

呆気にとられる私をよそに、ツムジは花音ちゃんと遊び続ける。

花音ちゃんは、床の上でぐるぐると円を描くように光を動かし始めた。ツムジはぐるぐる回ってそれを追いかける。

「きゃはははははっ」

レッスン終了時刻まで、あと一分ほどだ。私はもう何も言わず、一歩下がってツムジと花音ちゃんの戯《たわむ》れを眺めた。猫の気持ちを正確に読むことはできないが、ツムジは幸せそうだった。

翌週、花音ちゃんはまたもや、お父さんに買ってもらった猫じゃらしの玩具を持って来所した。今日は他の友達がツムジに会う番だと伝えると落ち込んでいたが、突然顔を上げてこんなことを言い出した。

「じゃあ、これ皆に貸してあげる」

花音ちゃんは、他の子達にも使ってほしいと言って、なんと猫じゃらしを教室に貸し出してくれた。棒にふわふわの羽根と小さな鈴がついた猫じゃらしは、あっという間にツムジのお気に入りになった。

三月。子ども達はツムジのことが大好きになり、そして心なしか、彼らと遊ぶようになってツムジの方も日に日に元気を取り戻しているように思えた。

抗がん剤投与のために通院したときは、主治医にツムジの様子を細かく報告している。子ども達と思いきり遊ぶのは体力的に大丈夫だろうかと尋ねてみたところ、主治医からは意外な返事があった。

「リンパ腫と闘っていくには、抗がん剤などの薬を投与するのと同じくらい、日常生活の中で免疫力を強化することも大切なんですよ」

主治医いわく、どんな治療をするにしても、治療を成功させるには病気に負けない体作りがとても重要であるとのことだった。

「治療を始めてから、ツムジくんの食欲はどんどん回復しています。よく食べることと適度な運動、それに毎日を楽しむこと。人間と同じで、動物もこれらのことで自然と免疫力が向上し、病気に打ち克ちやすくなるんです」

自宅で安静に過ごさせていたときと違い、今のツムジは毎日子ども達と一緒に動き回っている。そして楽しそうだ。人間と同じように、猫も楽しさや嬉しさを感じることによって免疫力を強めることがあるのだと知った。

「よく食べるのと同じくらい、遊ぶことも大切なんですね」

「そうですよ。もちろん無理しない範囲でという前提ではありますが。子ども達に感謝しなきゃ」

主治医が、診察台にいるツムジの喉を指で撫でる。ツムジは目を細めてゴロゴロと幸せそうな鳴き声を漏らした。


子ども達がツムジに良い影響を与えただけでなく、ツムジが教室に来るようになってから、子ども達にも変化が表れ始めた。

三月最初の火曜日。私は三時から、優声くんという三年生の男の子のレッスンを予定していた。彼もツムジと会うことを希望している利用者の一人で、先週ツムジと対面したのだった。

二時五十五分になり、優声くんがお母さんと一緒にやってきた。サラサラのマッシュルームヘアに、ビー玉のような丸い目をした小柄な子だ。

「優声くん。今日は夏帆先生とペンギンの部屋だよ」

「……………」

優声くんは無言で私を見上げる。

「よろしくね」

「……………」

優声くんはやはり何も言わず、ほんのわずかに首を上下に動かしてうなずいた。私も、そしてこの教室の他の職員も、優声くんの声を聞いたことがほとんどない。

場面緘黙《かんもく》症。それが優声くんについている診断だ。家の中や、家族との外出先では普通に話すのに、学校など特定の場所ではほとんど声を出さない。小学校入学前から続いている症状だ。

優声くんの症状が発覚したのは、幼稚園に入園して一ヶ月ほど経った頃のこと。自宅に担任の先生から連絡があり、幼稚園での優声くんの様子について心配なことがあると伝えられた。優声くんは、先生の質問に対して「うん」「ちがう」の返事をする以外、幼稚園で言葉を発していないのだった。

場面緘黙は原因の特定が難しい症状だ。発達の特性のみならず、話すことへの不安や、過去に負ったトラウマなどが関与し合うことによって現れると言われている。優声くんの場面緘黙の原因は、保護者も心当たりがないという。

支援の際に大切なのは、第一に、無理に話させようとしないことだ。話す代わりに、うなずいたり、選択肢を選んだりすることでコミュニケーションが取れるように配慮する。そうやって本人が安心できる環境を整えたうえで、少しずつ言葉での会話に繋がるよう支援を行っていく。

「優声くんは、この間、砂弥先生と一緒にツムジと遊んだんだよね」

「うん」

レッスン開始直後に私が尋ねると、優声くんはうなずきながら声を発した。しかし、それは隙間風のようにか細いものだった。

「じゃあ、よかったらそのときのことを教えてくれるかな」

指導員席の後ろにあるカラーボックスの中から、A3サイズのホワイトボードと、ホワイトボードマーカーを取り出して優声くんに渡した。

場面緘黙症を抱える人とコミュニケーションをとる方法として、筆談が有効になることもある。優声くんの場合も、言葉を話すのではなく書くのであれば、自分の経験や思いを伝えることができていた。そこで彼のレッスンでは、毎回何らかのテーマに沿って短い作文を書いてもらうことにしている。

優声くんはホワイトボードを膝の上でキャンバスのように縦にして、勢いよく書き始める。対面で座っている私からは、ホワイトボードの裏側しか見えない。私は優声くんに話しかけることなく、作文の完成を待った。

十分ほど経ったとき、優声くんがホワイトボードマーカーに蓋をして、机の上に置いた。そして完成したばかりの作文を私の方に向ける。

ぼくとさや先生がカメのへやに入ったとき、
ツムジはお昼ねをしていました。
ヒゲやせなかの毛が、エアコンの風にあたってゆれていました。

ぼくがせなかをなでると、ツムジは目をさましました。
それから、ねこじゃらしのおもちゃであそびました。
ねこじゃらしは、お友だちからツムジへのプレゼントだと、
さや先生が教えてくれました。

「わぁ、たくさん教えてくれてありがとう！　上手に書けたね」

私が声をかけても優声くんはニコリともしないが、彼の心に良い影響を与えているとと信じたかった。原因がはっきりしない以上、場面緘黙の症状は明確なきっかけにより急に治ることは稀《まれ》で、時間をかけて徐々に改善していくことを目指すのが一般的だ。

「優声くん。次は折り紙で猫を作ってみよう」

前に元気くんと一緒にしたときと同じように、色の違う折り紙を一枚ずつ優声くんに見せて選んでもらう。優声くんは大きな目をきょろきょろと動かし、少し迷ったが緑色を選んだ。

「緑色が好きなの？」

「うん」

優声くんはまた、無表情で短く返事する。しかし、声は先程より少し明るいように思えた。彼は大人顔負けに手先が器用で、工作が大得意なのだ。工作が直接的に場面緘黙の支援になるわけではないが、優声くんの得意分野を伸ばすことによって自己肯定感を高めることを目的としている。

今回は元気くんのときよりも難易度を上げ、一枚の折り紙から立体的な猫を作ることに挑戦してみる。優声くんは私の手本を見ながら、ほとんど同じスピードで正確に折っていく。あっという間に、四つん這いの二匹の猫が完成した。

「できたぁー！　やったね」

「………」

向かい合わせに座ったまま、私が両手の平を差し出すと、優声くんは軽くハイタッチしてくれた。しかし、顔はやはり無表情のままだ。私のレッスンのときの優声くんはいつもこんな調子だが、碧先生いわく、何かのきっかけで笑いが止まらなくなることもあるらしい。

――優声くん、意外とベタな親父ギャグが好きですよ！

碧先生はそんな風に言っていた。レッスンで碧先生が渾身《こんしん》のダジャレを出したら、鼻息荒く、身体を揺らして笑っていたとか。以来、碧先生は優声くんを笑わせるため、レッスンを担当する度にギャグを披露しているそうだ。

今日は私も碧先生に倣ってみることにした。彼女みたいにその場でギャグを思いつくようなセンスはないので、事前に考えてきている。

折り紙の猫を指でちょんとつつき、机の上に横たえさせる。

「あ、見て見て。猫が寝ころんだ。にゃんちゃって」

「……」

優声くんは一瞬、不意打ちを受けたように目を丸くして私を見た。しかし、すぐに何ともいえない気まずそうな顔をして視線を横に逸らしてしまう。

「ご、ごめん。つまらなかったね」

柄にもないことをするべきじゃなかったようだ。

その後も優声くんがレッスン中に笑ったり、短い返事以外の言葉を口にしたりすることはなかったが、帰り際にちょっとしたハプニングがあった。

レッスンが終わり、私と優声くんがペンギンの部屋を出たそのとき。

「こらっ、猫じゃらしを持ったまま廊下を走るなーっ！」

「はははははっ！」

猫じゃらしを振り回しながら廊下を走る元気くんと、追いかける碧先生だ。そういえば、今日は元気くんがツムジに会う番だった。

「水撒きピューッ！」

「わっ、何すんだよ！　床が濡れるだろ」

必死のあまり男っぽい口調が出てしまっている碧先生。元気くんが持つ猫じゃらしの羽根は何故か濡れていて、それを振ることによってそこらじゅうに水滴が飛び散ってしまっている。

「碧先生、カメの部屋で何かあったんですか」

「元気くんが、ツムジの水に猫じゃらしをバシャッとつけちゃって……」

碧先生がなんとか元気くんを取り押さえ、私に経緯を説明する。猫じゃらしを水浸しにしてしまった元気くんは、それを使ってツムジに「水浴び」をさせようとした。碧先生は慌てて部屋の扉を開け、元気くんを外に出したのだ。

「すみません夏帆先生、ツムジは無事ですので……あっ！」

碧先生の目が私の方に向いている隙を見て、元気くんはするりと腕の中を抜け出す。そのまま猫じゃらしを片手に廊下を直進し――

そこには優声くんがいた。

「くらえ、水ビームだーっ！」

最悪な状況だ。ただでさえ人との関わりに抵抗感がありそうな優声くんなのに、突然知らない子から水をかけられたりしたら。

「元気くん、やめ――」

私が声をかけるよりも先に、飛び散った水滴が優声くんの顔を直撃した。

元気くんは満足げに笑いながら、優声くんの周りをぴょんぴょん飛び跳ねている。優声くんは顔を手で拭うこともできず、呆然と突っ立ったままだ。

優声くんを助けなければ。そう思って二人のもとへ駆け寄ろうとしたのだが、そこで予想外のことが起きた。

「………ふふっ……」

「え?」

優声くんが棒立ちのまま、突然身体を揺らして鼻を鳴らすような声を出した。

さらに。

「ふっ、ふふふっ……ふっふっふっふ!」

優声くんの身体の揺れがどんどん大きくなるとともに、鼻息のような声も勢いを増していく。よく見ると、目が細く弓なりになっている。

「優声くん、笑ってる……?」

「そ、そうですね。私のギャグで笑ってるときと全く同じです」

優声くんが笑うところ、そして他の子どもと交流するところを初めて見た。彼にとっては水をかけられるのは嫌ではなく、楽しかったようだ。

安心しつつ、子どもって本当によくわからないなと思う。

「はははははっ！」

「ふっふっふっふ！」

二人の子どもは言葉にならない笑い声を交わしながら、追いかけ合ったり、猫じゃらしを奪い合ったりし始めた。楽しくて仕方がないような姿を見ていると、私も笑いが込み上げ、止めようという気持ちもなくなってしまった。

三月の下旬は、春雨《はるさめ》が続いた。しとしとと降る雨の中、片方の手でツムジを入れたキャリーケースを持ち、もう片方の手で傘を差して出勤した。

教室に着くと、会社から人事異動のリストが送られてきたらしく、既に出勤している職員達はその話で盛り上がっていた。うちの会社では、近くの教室間で異動が発生することがしばしばあり、毎月二十日頃までには翌月の異動について辞令が出される。

大倉山教室では去年十二月に指導員が一人異動し、代わりに砂弥先生がやってきた。それ以外は私が入社した頃から人員に変化はなく、今月もまた、誰に対しても異動の辞令は出なかった。

会社から送られてきた異動者リストに大倉山教室の職員の名前がないことを確認し、美海先生はガッツポーズする。

「このメンバーで新年度を迎えられるんですね、やったぁー！」

どの教室も人間関係の良し悪しが働きやすさに直結し、ひいては教室に通う子ども達にも影響を与えると聞く。職員同士の仲が良い職場は、和やかな雰囲気が利用者にも伝わるのだ。

そしてこの日の昼休憩のときには、碧先生が突然こんなことを提案した。

「三月が終わる前に、皆で飲み会しませんか？」

出勤日のお昼は皆でご飯を食べる大倉山教室だが、思い返してみると、業務後に職員同士で飲みや食事に行ったことは一度もなかった。

「いいですね。一年お疲れさまってことで」

普段ストイックな渚先生も、意外に乗り気のようだった。今日は大瀬良先生が休みだが、月末に一日だけ、全員が揃う日がある。その日の仕事終わりに、ということで話は進んでいった。

ところが、盛り上がっていた談笑の中に突然異質な声が差し挟まれた。

「私は遠慮します」

そう言いきったのは砂弥先生だった。

一瞬、場の空気がしんとなった。いつも事務所で一緒に昼食をとってはいるが、砂弥先生は一人静かに弁当を食べているだけで、指導員達の会話に入ってくることはない。

今も飲み会不参加の意思表示をした後、何事もなかったかのように食事を続けている。職員との交流は不要という考えなのだろうか。

「何か予定があるんですか？」

「いいえ、特には。ただ、私は必要以上に人と馴れ合わないようにすると決めているので」

「なっ……！」

渚先生は思いきり眉間に皺を寄せる。

普段あまり自己主張をしないはずの砂弥先生のことが、ますますわからなくなる。しかし、飲み会への出席を拒むのは、彼女なりの理由があるのだろう。私もツムジのことを考えると、まっすぐ家に帰りたくなる。

「すみません、私も欠席します。ツムジを連れて飲み屋に行くわけにもいきませんし、家に置いてくるのもちょっと……」

「あぁっ。しまった、そうでしたね」

渚先生はすっかり気が動転してしまったのか、食べていたコンビニのパスタサラダが喉にひっかかり、咳き込み始める。いつもはクールな彼女だが、こういう場面ではころころと表情がよく動くようだ。

「六人中、二人も欠席か……」

渚先生は水で口の中の物を飲み下し、深いため息をついた。すると、中央の席で様子を見守っていた碧先生が、また一つ案を出した。

「じゃあ、いっそのことカメの部屋で飲みます?」

「カメの部屋で?」

「ええ。仕事終わりに近所のお店やスーパーで食べ物と酒を買ってきて。ちょっと窮屈かもしれないけど、それならツムジも一緒にいられるし」

あっけらかんと言う碧先生だが、業務時間外であっても教室での飲酒は禁止だったはずだ。私がすぐに同意できずにいると、美海先生と渚先生が揃って前向きな反応を示した。

「賛成！　さっそく明日、皆で大瀬良先生に打診しましょう」

「会社にバレたら、最近流行りのオフィスパーティーですって開き直っちゃいましょうよ」

先生達に対して、最初は感謝よりも申し訳なさの方が勝っていた。しかし、当たり前のようにツムジを入れて楽しもうと計画してくれる皆の姿を見ているうちに、嬉しい気持ちが溢れてくる。

ツムジはもう、この教室の一員になっているのだ。

翌日、碧先生が大瀬良先生に提案したところ、大瀬良先生は二つ返事で許可してくれた。「会社にはくれぐれも内緒だよ」と笑っていた。

三月最後の日曜日に、飲み会は無事開催された。

土日は学校が休みのため、朝から子ども達がやってくるが、夕方の利用者は平日に比べると少ない。定時に仕事を終えてすぐ準備できるよう、午後の空き時間のうちに事務仕事を片づけ、事務所の掃除もした。

十九時になると、飲み会の出席者は手分けして、食料や酒、それに紙皿など必要な食器を買いに出かけた。

「皆さん、食べたい物があったらこの紙にどんどん書いちゃってくださいねー」

食料担当の碧先生がメモ用紙を出すと、美海先生がすかさず〈コロッケ〉〈イチゴ〉と書く。次いで渚先生が〈枝豆〉〈さきいか〉〈チャンジャ〉――意外にも酒好きだということが一目でわかるラインナップだった。

私はメモの一番下に〈だし巻き玉子〉と一品追加する。他の先生達が買い出しに行く間、私は教室に残り、カメの部屋に折り畳み式のローテーブル二脚と、人数分の座布団を運び入れた。

「ツムジ。ちょっと狭くなってごめんだけど、楽しもうね」

ツムジはいつもと違う部屋の様子が気になるのか、皆の座布団を踏みながら、ローテーブルの周りをぐるぐると歩き回っていた。

前の私なら、ツムジのいる部屋で飲み会なんて、とてもじゃないが考えられなかった。多くの人と触れ合うことが、ツムジにとって負担になると思っていたからだ。しかし、実際には子ども達と遊ぶようになってから、ツムジの体調はよくなってきている。個々の性格にもよるだろうが、主治医からも話があったように、動物も人間と同じく楽しいことをたくさん経験することが健康に繋がるようだ。

　買い出し担当の先生達が教室に帰ってきて、ローテーブルの上には食べ物や酒、紙皿などが所狭しと並べられた。

「一年間お疲れ様」と大瀬良先生が短い音頭を取る。各々、好きなビールやチューハイの缶を開け、テーブルの真ん中で乾杯した。

　皆が最初の一口を飲んだタイミングで、部屋の隅から歩いてきたツムジが渚先生の膝に飛び乗る。

「ツムジもだいぶ私達に慣れてきたみたいですね」

「ええ。先生方、いつも良くしてくださって本当にありがとうございます」

「ははは。夏帆先生、こんな場でそんなに畏まらなくていいって」

　ツムジはしばらくすると渚先生の膝から降り、今度は隣で笑っている大瀬良先生の膝の上へ。

「おっ、俺の膝に乗るとはいい度胸だな。こうしてやるぞっ」

　早くも酔っているのか、少し顔を赤らめた大瀬良先生は、両手でツムジの顔周りをくすぐり始める。男性の中ではどちらかというと小柄な大瀬良先生だが、手はかなり大きく、ツムジの顔がすっぽりと覆われてしまいそうだ。

ヒゲの付け根に指の腹を押し当て、そのままヒゲの生えている方向へと指を滑らせる。ツムジは気持ちよさそうに目を細めて喉を鳴らした。

私の知る限り、大瀬良先生はツムジがいるときにカメの部屋を訪れたことはない。ツムジに触るのはこれが初めてのはずなのに、どういうわけか手慣れた様子でマッサージを施している。

もしかして、大瀬良先生は猫を飼っていた経験があるのだろうか。

「夏帆先生、飲んでます？」

ぼんやりしていたところ、私の隣から美海先生が声をかけてきた。

「ええ。飲んでるわよ」

「お酒強いんですねー。全然顔色もテンションも変わってないし」

美海先生は私の缶ビールをひょいと手に取り、中がちゃんと減っているかを重さで確認した。

「そんなに強いわけでは……あ、いけない。ツムジに薬飲ませるの忘れてた」

慌てて自分の鞄を開ける私の姿を見て、美海先生は「やっぱり全然酔ってないじゃないですかー」と笑う。

いつも朝晩に一回ずつ薬を飲ませているのだが、今日は飲み会があるため、帰宅してからだと遅いと思って持ってきたのだ。家でしているのと同じように、猫用のパウチマグロに砕いた錠剤を混ぜ、スプーンでツムジの口元に運ぶ。

しかしどういうことか、ツムジはスプーンを見向きもしない。

「おかしいな……」

「どうしたんですか？」

他の先生達も飲み食いの手を止めて、私とツムジの方に視線を向けてくる。

「ツムジが大好きなマグロを食べようとしないんです。そういえば、今日はドライフードの減りも少なかったような」

最近はほぼ毎日、置き餌のドライフードを完食しているツムジだが、今日は少し残っていた。また食欲が落ち始めたのかもしれない。

「別の食べ物で試してみます？　事務所の冷蔵庫にプレーンヨーグルトがありますよ」

「ありがとうございます。でも、前から人間用の食べ物はできるだけ与えないようにしてるんです」

猫に人間の食べ物を与えることはリスクを伴うと言われている。種類によっては死に至るほどの中毒症状を引き起こすこともあり、食べられる物であっても味の濃い物などは腎臓に負荷がかかったり、その味に慣れて猫用のフードを食べなくなったりするようだ。しかし、今のツムジのように食欲が落ちているときには、少しでも食の間口を広げることを考えた方がいいのだろうか。

私が迷っていると、大瀬良先生が紙皿を一枚持って近づいてきた。薬を混ぜたパウチマグロを皿に載せるよう、私に促す。

「この紙皿は電子レンジ対応だよね？」

「え？　そ、そうですけど」

大瀬良先生は「ちょっと待ってて」と言って微笑むと、マグロを載せた紙皿を持ったままカメの部屋を出ていき、ほんの数分で戻ってきた。

「はい、これをツムジに」

大瀬良先生が紙皿を私に手渡す。見た目は何も変わっていないが、マグロの香りは増し、皿の裏側から手に温かさが伝わってきた。

「電子レンジで温めてきたんですか？」

「そのとおり。猫のご飯は人肌くらいに温めると香りが立って食欲を刺激する。それに柔らかくなるからお腹にも優しいよ」

皿を床に置いてみると、ツムジは勢いよく食いついた。

「食べた！」

「すごーい、大瀬良先生」

先生達は歓喜の声を上げるとともに、大瀬良先生に拍手を送った。

私ももちろん嬉しかったが、それ以上に大瀬良先生の手際のよさに圧倒されていた。膝の上でツムジを撫でていたときの手つきといい、まるで自分の飼い猫を扱っているかのようだ。

「大瀬良先生。ひょっとして、猫を飼っていたことがあるんですか」

「いいや。猫どころかペットを飼ったことすらないよ」

大瀬良先生は、いつものように眉と目を八の字にして笑うだけだった。そしてすぐ、他の先生達のいるローテーブルの方に戻ってしまった。

マグロを完食したツムジは、甘えるように私の膝に上って顔をすりつけてくる。私はツムジの頭を撫でつつ、テーブルから少し離れたところで飲み会の続きをぼんやりと眺めた。

「美海先生、イチゴばっかり食べないでもっと飲みなさいよ」

「嫌ですよー。渚先生みたいにベロベロに酔っぱらいたくないですもん」

「ちょっ……まったく、最近の若者は根性がなくて嫌になるわ。レッスンだって、子どもを甘やかしてばかりだし」

「それはお酒と関係ないでしょっ」

渚先生と美海先生の言い合いが白熱し、碧先生が慌てて止めに入る。

二人の子ども達への接し方は正反対といっていいほどで、それは前に渚先生本人からも話を聞いたことがある。渚先生には彼女の矜持《きょうじ》があり、美海先生も表立っては言わないが、彼女なりのやり方で子ども達と向き合っている。

では、私はどうだろう。

不意に不安が胸をよぎる。私は子ども達に対して、真摯《しんし》に向き合えているだろうか。

子ども達と接していると、いつも答えのない問いを投げかけられているように感じる。彼らのあの真っ直ぐな瞳が、無垢な声が、私に問いかけているように感じてしまう。私は自信を持ってそれに応じることができるのだろうか。

大丈夫だよと言うように、膝の上でツムジが小さく鳴いた。


ツムジの腫瘍が大きくなっていると告げられたのは、その翌週のことだった。

第三章　新年度とオートモール

　ツムジの病状が悪化したのは、桜が散り始めた四月初旬のことだった。

　飲み会の日を境に、ツムジは食欲だけでなく運動量も目に見えて落ちた。子ども達がレーザーポインターや猫じゃらしを出しても、見向きもせずじっとしていることがほとんどだ。

「つまんなーい」

「こういうときもあるよ」

　拗《す》ねる子どもをなだめながら、私は嫌な予感を抱かずにはいられなかった。

　不幸にも予感は的中した。四月最初の通院日に、主治医からツムジの腫瘍が大きくなっていることを告げられたのだ。

　そして、この日に告げられたことがもう一つ。

「残念ですが、おそらく治療を続けてもあと一ヶ月もつかどうか」

あまりに急な余命宣告に、自分自身が息の吸い方を忘れてしまいそうになる。

リンパ腫は肝臓の方にまで広がり、今使用中の抗がん剤も効きにくくなっているとのことだった。今後の選択肢としては、抗がん剤の種類を変えて治療を続けるか、抗がん剤治療を一旦中止して緩和ケアに切り替えるか。

「今のツムジに緩和ケアを施すとなると、具体的に何ができるのでしょう」

「引き続きステロイドなどの薬を飲んでもらい、体力の回復を試みます」

「…………」

言葉にできない私の不安を感じ取ったのか、主治医は緩和ケアが良い方向に進む可能性についても説明してくれた。

「抗がん剤治療をストップすることによって、注射や副作用のストレスから解放されて元気になることもあるんですよ」

「元気なときは今までどおり子ども達とも会わせて大丈夫ですか」

「もちろん！　嫌がりさえしなければ、撫でたりマッサージしたり、スキンシップをとることでリラックス効果もありますよ」

最初に診断を受けたときに言われたことを思い出す。緩和ケアの選択をしたからといって、ただ死を待つだけというわけでは決してない。体力が回復すれば、抗がん剤治療を再開できる可能性もある。

前にスマホでペットの闘病ブログやＳＮＳを閲覧したとき、医師から余命宣告を受けても、それより遥かに長い期間生きたケースもいくつか見られた。ここで私が弱気になってはいけない。

「決定権は飼い主さんにあります」

「はい」

動物医療では、当の動物の意思を確認することができない。飼い主である私にも、ツムジの気持ちはわからない。

私が決めるのだ。今のツムジの状況と、主治医から受けた説明を総合して、考えて判断を下すのだ。抗がん剤が効く可能性と副作用のリスク、副作用が起きたときに今のツムジの体力で耐えられるか――。

私は主治医の目を真っ直ぐに見て、決意を伝えた。

「一度、緩和ケアに切り替えたいです」

主治医はすぐに同意し、ステロイドと食欲増進剤を処方してくれた。

抗がん剤の投与はストップするが、処方された薬だけでも副作用が起こる可能性はある。また、病状が悪化した場合には酸素ハウスの使用やチューブでの栄養補給も検討するため、何かあればすぐ連絡するようにと伝えられた。

「それでは、お大事になさってください」

「はい。ありがとうございます」

主治医の物腰はとても丁寧だ。少しも感情を乱さず、冷静そのものだ。この人にとって、飼い主に余命を告げることは日常の一部でしかない。

だけど私にとっては――。

不安になりすぎるのはいけないと思いながらも、帰宅後、気になって「栄養チューブ」や「酸素ハウス」についてスマホで調べてしまう。表示された写真の猫はいずれも、ぱっと見て元気でないことがわかるものばかりだった。

酸素ハウスの中で、骨が浮くほど痩せた体を伸ばして眠っている猫。

鼻の穴に経鼻チューブを通し、動かないよう顔の皮膚にチューブを縫い付けられている猫。

酸素吸入や栄養チューブは、延命の手段として用いられることももちろんある。しかし、それらによって呼吸が楽になり、体力が回復するのであれば、猫の生活をよりよくする緩和ケアの手段にもなり得るのだという。

だがそれは、あくまで上手くいったケースに限る。ある闘病ブログでは、猫が経鼻チューブを繰り返し吐き出してしまう様子が綴られており、最後は次のような記事で締めくくられていた。


経鼻チューブを外すことにしました。

栄養をとれず、痩せて弱っていくモモの姿を見るのが辛くて始めたけど、結局は私の自己満足だったのかもしれません。

今のモモの胃の状態では、体重を維持できるだけのご飯が入らないのです。無理に入れても、モモが苦しむだけ。今のモモには何もしないことが最善だと、私は判断しました。

何もしないことを決意するのは、何かをする以上に勇気が要ることです。

私の勇気によって、モモが残りの日々を穏やかに過ごせることを願います。


何もしないことを決意する勇気――。

そんなことを考える日が、近いうちに私にも訪れるのだろうか。今までツムジに対して何ができるかということばかり考えていたのに。

通院の翌日。職場は朝からかなり慌ただしかった。平日だが、春休みのため来所日時を変更する子どもが多く、午前中に二コマ続けてレッスンの予定が入っていた。

今日もツムジはカメの部屋にいる。大瀬良先生に倣ってパウチマグロを温めると食べてくれるが、まだ以前のような元気を取り戻せていない。朝礼の後に緊急でミーティングを開いてもらい、ツムジの元気が戻るまで子ども達には会わせないことを決めた。

「先生。今日、僕ツムジに会える日だよね」

「ごめんね、今日はツムジの元気がないから会えないんだ」

「じゃあ、ツムジに手紙を書きたい」

「ありがとう、鉄夫くん。ツムジきっと喜ぶよ」

レッスンの中で手紙を書く時間を設け、白い画用紙を渡すと鉄夫くんは鉛筆で大きく〈ツムジ、元気になっていっしょにトレッサに行く〉と書いた。

「鉄夫くん、トレッサ好きなの？」

「うん。この間パパに連れていってもらったときは、ハイラックスのアティチュードブラックマイカが……」

トレッサ横浜は、大倉山駅から北東方向の、環状二号線沿いに位置する商業施設だ。子ども向けの玩具屋なども充実しているが、鉄夫くんのお気に入りは施設内で新車を展示しているオートモールだったようだ。

鉄夫くんは画用紙の右半分に手紙を書き、左半分に鉛筆で大きく車の絵を描いた。鉄夫くんが運転し、隣にツムジが乗っている。

実現を待ち望むように、楽しそうに絵を描く鉄夫くんの姿を見ていると、胸が痛んだ。子ども達にツムジを紹介したとき、病気の治療中だということは伝えていた。けれど、治る可能性が低いことはまだ言えていなかった。

子ども達はきっと、ツムジの病気が治ると信じている。

私はツムジのケアをするのと同時に、子ども達にツムジのことをどう伝えていくかについても考えなければならないのだ。

食欲増進剤の効果もあってか、ツムジはご飯をよく食べるようになった。しっかり食べることで元気を取り戻せる。これまでの治療でそのことを実感していた私は、薬に頼るだけではなく、ツムジが少しでも美味しくご飯を食べられるように色々と工夫を凝らすようになった。

リンパ腫発症前は人間の食べ物は与えないようにしていたが、塩分には気をつけつつ、手作りメニューも試してみた。

「わ、凄い。ツムジ、モリモリ食べるじゃん」

春の陽気が深まった、四月中旬のある休日のこと。

かぼちゃとブロッコリーのみじん切りを茹で、焼き鮭をほぐして混ぜたご飯を、ツムジはとても気に入ったようだった。私がスプーンでボウルに盛り付けるとすぐ、顔を近づけて食べ始めた。

「あはは、鼻に緑色がついちゃってるよ」

食べ終えて顔を上げたツムジの鼻に、ブロッコリーの蕾がちょんとついている。私は窓際に座ってツムジを膝の上に乗せた。指で蕾をとってやると、ツムジは不思議そうな顔で私をじっと見た。

私を見つめるツムジの目は、翡翠《ひすい》のような黄緑色の輝きの中に、細い縦線状の瞳孔がすっと通っていた。猫はリラックスしているときに瞳孔が細くなる。

やがてウトウトし始めたツムジにつられるように、私も欠伸《あくび》を一つ漏らした。

食欲が回復するとともに、ツムジは自宅やカメの部屋を歩き回れるくらいには元気になった。職員で話し合って、子ども達を再びツムジと会わせることにしたが、これまでどおり必ず指導員が同行し、ツムジの様子によっては接触を制限するということが決められた。

　四月三週目の金曜日。五時半から始まる最後のコマで、私は三年生の子ども三人で行う集団レッスンを担当することになった。

「砂弥先生。最後のコマ、T2よろしくお願いします」

「はい」

　集団レッスンは指導員一人で行うこともあるが、補助が必要な場合には「T2」と呼ばれるもう一人の指導員が同室し、ティームティーチングの体制をとるようにしている。

「今日は最初にクジラの部屋で学習プリントをした後、プレイルームでペアを作ってボール運びをしようと思っています。子どもが三人なので、砂弥先生が誰か一人と組んでペアになっていただければと」

「ペアはどうやって決めるんですか」

「くじ引きにする予定です。結果次第で恋糸《こいと》ちゃんが怒るかもしれませんが、そのときは落ち着くまで傍にいていただけると助かります」

「わかりました」

集団レッスンは、大倉山教室で一番広い療育室――「クジラの部屋」で行われる。クジラの部屋の手前はジョイントマットを敷き詰めたプレイルームになっているため、そこで身体を動かしてゲームなどをすることもできる。

レッスン開始五分前になり、子ども達が教室を訪れる。

「こんにちはー」

「こんにちは、恋糸ちゃん。今日は夏帆先生と砂弥先生だよ」

「ねーっ、ねーっ、虎太郎《こたろう》くんは？」

「まだ来てないけど、もうちょっとしたら来るんじゃないかな」

「じゃあ、私ここで靴脱がずに待ってるー！」

一番目に来所した恋糸ちゃんは、黄色いリボンのツインテールが似合う、明るい女の子だ。指導員との挨拶もそこそこに、一緒にレッスンを受ける男の子の名前を連呼し始める。いつもこんな調子で、一緒に来ているお母さんは「初恋なんだと思います」と苦笑いしている。

恋糸ちゃんが待ち焦がれていた虎太郎くんは、ほどなくして来所した。

「こんにちは、虎太郎くん」

「先生。昨日、タイガース負けてもうた」

虎太郎くんの両親は共に関西出身だ。お父さんの転勤により、去年一家で神奈川に引っ越してきたとのこと。

「虎太郎くーん！　靴、私の隣が空いてるから入れなよ」

「おおきに、恋糸ちゃん」

恋糸ちゃんは虎太郎くんの腕をぐいっと引いて、靴箱のところに行く。

これが彼女の抱える課題だ。仲良くなりたいと思った友達に対して、急に距離を詰めすぎる。虎太郎くんはそういったことをあまり気にしない性格だから揉めずに済んでいるが、学校では人間関係のトラブルが度々あるそうだ。

もう一人のメンバーである真実《まみ》ちゃんという女の子も来所し、全員揃ったところでちょうどレッスン開始の時間となった。

集団レッスンでは、子ども三人が机を横一列に並べて座る。今日は真実ちゃん、虎太郎くん、恋糸ちゃんの順に並んでいる。主担当の私は、真ん中の虎太郎くんと机を向き合わせにして座る。

レッスン開始の挨拶をした後、皆に一つ話をした。

「今日は最初に、皆で大きなシャボン玉を作ろう。息を優しくフーッと吐いて、膨らませてね」

実際に作るのではなくイメージだが、子ども達の想像力は素晴らしいもので、本当にシャボン玉を作っているかのように、夢中で吹き始める。

「シャボン玉が皆の身体くらい大きくなったよ。じゃあ、次はそのシャボン玉の中に入っちゃおう」

えいっと声を上げながら、恋糸ちゃんが自分の作ったシャボン玉の中に入るイメージをする。対照的に、静かにそっと入ろうとする虎太郎くんと真実ちゃん。こういった何気ない動作一つにも、子ども達の個性が表れている。

「上手に入れたね。だけどこのシャボン玉は、他の人に近づきすぎたら割れちゃうんだ。皆、座ったまま手を横に広げてみよう。隣の友達とぶつからない？」

「ぶつかってないよ」

「そうだね。皆、シャボン玉を割らないように座れてるね。今日はこのまま、友達とぶつからないように上手に座ろうね」

私がこの話をしたのは、子ども達に他者との距離感を伝えるためだった。特に恋糸ちゃんは、仲良くなりたい子と距離を詰めすぎる傾向があり、程よい距離感を身に付けることを集団レッスンでの目標にしていた。

「それじゃ、今日はまず算数のプリントをするよ」

「えー」

虎太郎くんがため息を吐く。健康的に日焼けしたスポーツマンの風貌が、勉強のこととなると一気に崩れてしまう。

彼は教科を問わず学習面で同学年の子から大きな遅れが見られ、そのせいで自己肯定感が下がっている。教室に通い始めた当初は個別でのレッスンを受けていたが、友達とも関わりながら成長してほしいという保護者の要望もあって今年度から集団レッスンに切り替えたのだった。

「虎太郎くん、大丈夫だよっ。私が教えてあげるから」

一番の懸念は、恋糸ちゃんが一方的に、虎太郎くんにプリントの答えを教えてしまわないかということだった。

恋糸ちゃんと虎太郎くんの間の、一歩下がった位置にＴ２の砂弥先生が立っている。恋糸ちゃんが虎太郎くんに近づきすぎたり、虎太郎くんがプリントの途中でくじけたりしたときには対応してほしいと事前に頼んでいる。

「全然わからへん……」

虎太郎くんが弱音を吐いた瞬間、やはり恋糸ちゃんのスイッチが入った。

「どこがわかんないの、見せて！」

恋糸ちゃんは自分のプリントそっちのけで椅子から立ち、虎太郎くんに駆け寄った。身体どころか頬と頬まで密着しそうなくらいに距離を詰め、虎太郎くんのプリントを覗き込もうとする。

すかさず砂弥先生が二人の間に入り、静かに身体を引き離した。

砂弥先生も私も、恋糸ちゃんの行為を強く注意しなかった。距離感の近い子どもは、他人に構ってもらいたい気持ちも強い傾向にある。周りの大人が叱ったり、大きく反応したりすればするほど、他人の注目を得られたという成功体験に繋がってしまい、行動がエスカレートしかねない。

それでも今のように無視してはならない状況のときは、できるだけ穏やかに、距離を取らせるような働きかけを行う。

「恋糸ちゃん、シャボン玉を割らないためにはどうするんだっけ」

「……あっ！」

砂弥先生の声かけで、恋糸ちゃんはシャボン玉の話を思い出したようだ。しかし、虎太郎くんから離れたくないという気持ちにどう折り合いをつければいいかわからず、その場で考え込んでいるようだった。

砂弥先生と私は、彼女が答えを出すのを待とうとした。しかし、その前に思いがけない人物の一言が状況をまた一転させた。

「ねぇ、そうやっていつも虎太郎くんにくっつくの、気持ち悪いんだけど」

端の席から強い口調でそう言ったのは、今まで黙々と自分のプリントを進めていた真実ちゃんだった。恋糸ちゃんも驚いたのか、思わず虎太郎くんから身体を離し、真実ちゃんの方を向いた。

「ひ、酷いよ真実ちゃん。どうしてそんなこと言うの？」

「事実だからに決まってるでしょ」

真実ちゃんは、彼女のトレードマークである丸眼鏡の縁をクイッと持ち上げながら言った。眼鏡の奥で切れ長の目が不機嫌そうに吊り上がっている。

「虎太郎くんだって、いつも気を遣って優しくしてくれてるけど、本当は嫌がってると思うよ」

最悪なタイミングで、真実ちゃんの抱える課題が露わになる。

同学年の子ども達と比べてどこか大人びており、正義感の強い真実ちゃん。しかし、相手の気持ちやその場の雰囲気を考えることなく、思ったことをそのまま口にしてしまうところがある。

「ふっ……ふ……」

恋糸ちゃんは床にしゃがみ込んで震え出した。そして。

「ふえええーん……」

さっきまでの明るさが嘘のように、力なく泣き始めてしまった恋糸ちゃん。目はぎゅっと閉じられ、真っ赤に腫れた瞼の裏から、熱そうな涙がとめどなく流れている。

「恋糸ちゃん、泣いてもうた」

「ただの自業自得よ」

追い打ちをかけるような真実ちゃんの言葉を浴び、恋糸ちゃんはますます激しく泣きわめく。砂弥先生が横についてフォローを入れた。

「恋糸ちゃんは虎太郎くんを助けてあげようとしたのよね。先生、それはとても優しくて素敵なことだと思うわ」

集団レッスンで一人の調子が崩れた場合、その子の対応はT２に任せ、主担当の指導員は全体の進行を優先することになっている。恋糸ちゃんは砂弥先生に見てもらい、私は虎太郎くんと真実ちゃんに目を向けることにした。

「真実ちゃん。友達に気をつけてほしいときは、優しい言葉で伝えてあげて」

「……」

私が声をかけても、真実ちゃんにはあまり響いていないようだった。真実ちゃんの言葉は彼女なりの正義なのだ。しかし、相手の気持ちにまで気が回らず、傷つけるような伝え方になってしまう。

プリントを再開した真実ちゃんと虎太郎くんだが、恋糸ちゃんはまだ床の上で泣き続けている。砂弥先生と話して少し落ち着いたものの、プリントを続けられる状態ではなさそうだ。

「やっぱりわからへん……」

虎太郎くんが再び、プリントの問題に頭を悩ませ始める。砂弥先生は恋糸ちゃんを見ているため、虎太郎くんをサポートすることはできない。私から声をかけるか、彼が自ら助けを求めるまで待つか。

しかしそのとき、虎太郎くんがわずかに身体の向きを変え、床に座り込む恋糸ちゃんに目を向けた。それはほんの一瞬のことで、彼は再び自分のプリントに向き直ったが、私の中には一つの考えが生まれた。

「虎太郎くん。恋糸ちゃんに教えてもらう？」

普段の様子を見ていても、虎太郎くんは恋糸ちゃんから親しくされることを嫌がっているようではなかった。それどころか今は、泣いている恋糸ちゃんを気にかけている。何かきっかけを与えれば、彼は恋糸ちゃんに声をかけるのではないかと思われた。

　私の問いかけにうなずき、虎太郎くんは再び恋糸ちゃんに目を向ける。

「恋糸ちゃん、教えてくれへん？」

「ふぇっ？」

　赤ん坊のように泣いていた恋糸ちゃんが、虎太郎くんに呼ばれたとたん、ぴたりと泣き止んだ。そのまま立ち上がって、一直線に机の方に戻ってくる。

「恋糸ちゃん、シャボン玉が割れないくらいの近さで教えてあげて」

「はーい！」

　砂弥先生の声かけに応じ、恋糸ちゃんは自分の席について椅子を少しだけ虎太郎くんの方に寄せた。

「これくらいの近さならいいの？」

「そうね。それくらいならシャボン玉を割らずにお話しできるわね」

　赤ん坊からお姉さんへと早変わりした恋糸ちゃんは、意気揚々と虎太郎くんに算数を教えた。真実ちゃんは静かに自分のプリントを進めながら、ときどき二人の様子を見ていたが、もう恋糸ちゃんに苦言を呈することはなかった。

プリントを終えると、部屋から出てプレイルームでボール運びのゲームを行った。ここでも恋糸ちゃんは運良く虎太郎くんとペアになり、絶好調のままレッスンは終盤に差し掛かった。


集団レッスンにおいても、個別レッスンのときと同じく、ツムジに会える子どもは一コマにつき一人だけとなっている。

今日は恋糸ちゃんがツムジに会う番だ。レッスン終了十分前になると、T２の砂弥先生が恋糸ちゃんを連れてカメの部屋に行き、私は残りの二人とクジラの部屋でレッスンを続ける予定だった。恋糸ちゃんはいつも以上に元気よく、さっきプレイルームで遊んだボールを持って砂弥先生に言った。

「今日はこれでツムジと遊ぶんだ」

大丈夫だろうかという不安が頭をよぎる。年度替わりの時期に比べれば元気になったツムジだが、ボールで遊べるだけの体力があるかどうか。

しかし、ツムジの心配をしている場合ではない。恋糸ちゃんと砂弥先生がツムジに会いに行く間、私は部屋にいる二人の子どもとレッスンを続ける。

「虎太郎くんと真実ちゃんは、ここで夏帆先生とトランプしよう」

「よっしゃー！」

私は残りの時間を使って、虎太郎くんと真実ちゃんに七並べを教えた。

レッスン終了時刻になると終わりの挨拶をし、子ども二人を連れて保護者の待つサロンに向かう。

「本日もありがとうございました」

私は三人の保護者にレッスンのフィードバックを行った。その間、虎太郎くんと真実ちゃんは保護者が使っていたパソコンでゲームをして待っていた。

恋糸ちゃんもツムジとの対面を終え、砂弥先生と一緒にカメの部屋からサロンに向かってくるはずだった。しかし、私が保護者にフィードバックを行った後も、恋糸ちゃん達はまだサロンに現れなかった。

カメの部屋で何かあったのか。

私の不安は的中した。虎太郎くんと真実ちゃんの親子を玄関まで見送った後、サロンに残っていた恋糸ちゃんのお母さんと共にカメの部屋に向かっていると、恋糸ちゃんの泣き声が聞こえてきたのだ。

「どうしてツムジと遊べないの！」

カメの部屋の内側から、入口の扉をドンドンと叩くような音がする。

迷ったものの、私は中に入ることを決めた。

「恋糸ちゃん、開けるよ」

一思いにカメの部屋の扉を開ける。

恋糸ちゃんは扉のすぐ近くで真っ赤な顔をして仰向けになっていた。両足が入口の方を向いている。この体勢で扉を蹴っていたのだ。

まだ暴れようとする恋糸ちゃんの身体を押さえながら、砂弥先生が言う。

「恋糸ちゃん。ツムジは今、静かにしていたいのよ」

「そんなの酷い！」

私は部屋を見渡した。恋糸ちゃんが持ってきたボールは床の上に転がっていた。ツムジはそれに見向きもせず、ハウスの中でじっとしている。やはり今は、激しい運動をする気分ではないようだ。

「私、ツムジが喜ぶと思ってボール持ってきたんだよ！」

恋糸ちゃんは泣きながらも、自分の気持ちを必死に訴えた。

私は胸が痛くなった。レッスンの途中で泣いていたときも、そして今も、恋糸ちゃんは単に自分の要望が通らなかったことを怒っているのではない。自分の善意を受け取ってもらえないことを悲しんでいるのだ。

算数が苦手な虎太郎くんを助けてあげたい。

ツムジにボールを与えて喜ばせたい。

しかし、彼女は状況を問わず相手と距離を詰めようとしてしまう。相手の事情にまで気が回らず、どうして自分の善意が否定されるのか理解できない。だから苦しむ。自分という存在自体を拒絶されるかのような感覚に苛まれて。

「私、ツムジを喜ばせたかった！　ツムジと仲良くなりたかったんだよ！」

「恋糸ちゃんは優しいね。だけど今は……あっ」

そのとき、砂弥先生が何かに気づいた。

「恋糸ちゃん、危ないからじっとして」

「やぁだっ、離してよ！」

「お願いだから動かないで――」

恋糸ちゃんの胸元に手を伸ばした砂弥先生が、顔を歪ませる。

何事かと思っていると、砂弥先生の手が恋糸ちゃんの名札の安全ピンを握っているのが見えた。ピンが外れ、針の先が砂弥先生の指の腹を引っ掻いてしまったようだった。

指に血が滲んでいることに気づき、恋糸ちゃんはようやく動きを止める。

「先生……？」

「大丈夫よ」

砂弥先生は何事もなかったかのように、安全ピンを付け直した。おそらく恋糸ちゃんが暴れていたときにピンが外れていることに気づき、とっさに手を伸ばしたのだろう。

恋糸ちゃんは仰向けの体勢から飛び起きて、砂弥先生の手を取る。

「先生、血が出てる。手当しなきゃ」

「……………」

うろたえる恋糸ちゃんを前にして、砂弥先生は急に黙り込んだ。恋糸ちゃんをじっと見つめる静かな横顔は、怒っても悲しんでもいなかった。ただ彼女に何を伝えるべきか考えているようだった。

砂弥先生は、怪我をした人差し指を恋糸ちゃんの前に出した。傷はそれほど深くなさそうだが、赤い糸のように一直線に指の腹を横切り、周りの皮膚はピンク色に腫れてしまっている。

涙を浮かべたまま呆然とする恋糸ちゃんに、砂弥先生はこんな質問をした。

「恋糸ちゃん。この傷を早く治すにはどうしたらいいと思う？」

「え？　ええと……」

意表を突かれてたじろぎながらも、恋糸ちゃんは一生懸命答えようとする。

「水で洗って、消毒して、絆創膏を貼って、それから――」

「それから？」

恋糸ちゃんは、大きな目をぱちぱちしながら、しばらく考え込んだ。そして一言「わからない」と呟いた。

恋糸ちゃんから目を逸らさずに、砂弥先生はこう言いきった。

「それからは、何もできないの」

そのたった一言で、恋糸ちゃんの艶《つや》やかな瞳に、さっと影が差した。

「何かをしてあげたくても、何もせずに待つことが一番いいときだってあるのよ、恋糸ちゃん。むやみに傷に触れれば、反《かえ》って治るのが遅くなる」

私はようやく、砂弥先生の意図に気づいた。

砂弥先生は恋糸ちゃんに、仲良くしたい相手との関わり方について伝えようとしているのだ。仲良くなりたいからこそ、距離を取った方がいい場面もある。近づきすぎると割れてしまうシャボン玉のように。

「ツムジも同じよ。今は何もせず、そっとしておくしかできないの」

「だ、だけど私、何かしてあげたい」

「それでも我慢するの」

「どうすれば我慢できるの？」

「ツムジを信じるのよ」

　二人の会話を聞きながら、私は何故か、猫の闘病ブログに綴られていた言葉を思い出していた。何もしないことを決意する勇気――。

「し、信じる？」

「そう。何もしてあげられなくても、ツムジならきっと自分の力で病気を乗り越えて、いつかまた元気に遊べる日がくると信じるの」

「いつかって、いつ？」

「それは誰にもわからないわ」

　恋糸ちゃんはまた床の上で仰向けになり、涙でぐしょぐしょになった顔を手で覆う。しかし、もう泣きわめくことはなかった。彼女は闘っているのだ。自分の想いや努力ではどうすることもできない現実に対峙して。

「うぅ……」

しばらく呻いた後、恋糸ちゃんは振り絞るような声で言った。

「私、今は何もしないことを頑張る……！」

その瞬間に砂弥先生が動いた。仰向けで震えている恋糸ちゃんの身体を両腕で包むようにして起こし、抱き締める。

「ありがとう。そう思えることが愛なのよ。あなたは愛に溢れた子なの」

「うん……」

砂弥先生は恋糸ちゃんの頭を撫でながら、囁くようにこう言った。

「きっとツムジとも、友達とも……もっと仲良くなれるわ」

私の隣で、小さくすすり泣くような音がした。

横を見ると、恋糸ちゃんの保護者が静かに涙を流していた。きっと、日頃から心配していたのだろう。仲良くなりたい子に対して、いつも自分の気持ちだけで突っ走ってしまう娘のことを。

段ボールハウスの中で、ツムジの背中が小さく動いた。元気なときも、そうでないときも、ツムジの存在は確実に、子ども達に影響を与えているのだ。

恋糸ちゃんとお母さんを見送り、クジラの部屋でレッスンの片づけをしていると、砂弥先生が入ってきた。

「手伝うわ」

「あ、ありがとうございます！」

集団レッスンの片づけは基本的に主担当が行うが、他の指導員が手伝いに入ることもある。砂弥先生は、子ども達が使った鉛筆を一本ずつ手に取り、卓上の鉛筆削りで削っていった。

「恋糸ちゃんのことも、本当にありがとうございました」

「お説教みたいになっちゃったけど」

「そんなことないですよ。きっと心に響くものがあったと思います」

砂弥先生は最後の一本を鉛筆削りに差し込み、ハンドルをゆっくり丁寧に回す。ゴリゴリという音がだんだん乾いた音に変わり、完全に削り終えたところで手を止めてこんな打ち明け話を始めた。

「恋糸ちゃんに言ったことは、若い頃の自分自身の反省でもあるのよ」

「え？」

「実は前に、小学校の教員をしていたことがあるの」

初耳だった。砂弥先生がパルマの指導員になったのは二年ほど前で、それ以前は長い間専業主婦だったと聞いていた。

しかし、さらにその前、砂弥先生は新卒のときから大倉山エリア内の小学校の教員として働いていたそうだ。

「仕事が――生徒達が大好きで、結婚して子どもが生まれた後も、とにかくがむしゃらに働いていたわ」

「そうなんですね。何だかカッコいいな」

珍しく目尻に皺ができるくらい笑っている砂弥先生の横顔を見て、私は違和感を口に出せなかった。砂弥先生が語る昔の彼女の姿は、今のクールな彼女とは全く違うようだ。

しかし、続く彼女の話を聞いてその理由も明らかになっていった。

「ただ、私の頑張りは独りよがりで、生徒達のためと言いながら、お節介を押しつけていたの。頼まれてもいないのに、個別に苦手科目を教えようとしたり、関係がぎくしゃくした生徒の仲を取り持とうとしたり」

「それは必要なことなんじゃ……」

「いいえ。ある日、正直な生徒が伝えてくれたわ。先生は優しいけど、ちょっとウザイよって」

そのとき初めて、砂弥先生は、相手のために何かをしようとすることだけが良いわけではないと痛感したそうだ。

そんな中、二人目の子どもが生まれて子育てが忙しくなったことも重なり、砂弥先生は身体を壊してしまいそうになった。そして今から十年前の三十五歳のとき、教員を退職する道を選んだのだ。

「だけど年月が経つにつれて、どうしてももう一度教育の仕事をしたくなって」

「それで、児童指導員に？」

「ええ。だけど、いざ子ども達と関わるとなると、昔のことを思い出して自信がなくなってしまったの。子ども達だけじゃなく、教室の先生達に対しても……また嫌がられたらどうしようと思ってしまって」

異動してきてからずっと、私達に対して一線を引いていた砂弥先生。

その理由は、彼女の過去にあったのだ。私達を嫌っていたわけではないと知って安心すると同時に、彼女が再び自信を持って子ども達と関われる日がくればいいのにと思う。

「私、子ども達にグイグイ行く砂弥先生も、ちょっと見てみたいな」

「えっ？　い、いいえ、私はもう……」

「あははっ。私達も、もっと砂弥先生と仲良くなりたいです」

クジラの部屋の片づけを終えた後、砂弥先生はトイレに寄ると言って別れ、私は一人で事務所に戻った。

事務所の中からは、扉を開ける前から何やら賑やかな声が聞こえていた。在室していたのは碧先生と美海先生の二人だった。隣同士の席で事務業務をしながら談笑していたようだ。

「二人とも、お疲れ様です」

「あ、夏帆先生。お疲れ様でーす」

今日は大瀬良先生と渚先生がシフト休なので、出勤しているのは今ここにいるメンバーと砂弥先生の四人だ。

私も自分の席に座ってパソコンを開く。二人の会話に耳を傾けると、なんと大瀬良先生と砂弥先生に関する噂話をしているようだった。

「ほら、この日も二人きりにならないようにシフト組んでる」

「本当だぁ。何が理由なんでしょうね」

「何か気まずいことがあるのか、あるいは……実は怪しい関係とか」

碧先生はほぼ当てずっぽうのような物言いだが、美海先生は「キャー」と大げさに声を上げた。気になって尋ねてみると、碧先生達は今月の職員のシフト表に妙な点を発見したという。そしてシフト表を作ったのは、今月のシフト係の砂弥先生だった。

シフト係の仕事は、一ヶ月間の職員の出勤スケジュールを決めること。併せて、誰がいつどの子どものレッスンを担当するかも決めている。

「砂弥先生、自分が絶対に事務所で大瀬良先生と二人きりにならないように、スケジュールを組んでるみたいなんですよ」

そんなことができるのかと半信半疑の私だったが、シフト表を確認すると二人の言うとおりだった。

担当レッスンのない、いわゆる「空きコマ」の時間に、指導員は事務所でレッスンの準備や事務業務を行う。自分以外の指導員が全員レッスンを行っている場合、事務所で大瀬良先生と二人きりになる。しかし、砂弥先生は今月、大瀬良先生と二人きりになる時間が一度もないようだった。

砂弥先生が意図的に大瀬良先生を避けている？

「それでそれで、怪しい関係とはいかなるものでしょう？　碧探偵」

「んーそりゃまあ、不倫とか……」

「そっ、それは大倉山教室存続の危機かもしれませんね」

私はしばらく黙っていたが、聞くに堪えない推理、もとい妄想が飛び交い始め、さすがに止めに入ろうとする。

「こらこら、若い人達は何でも色恋と結び付けすぎよ」

二人は一瞬、呆気にとられたような顔を私に向けた。普段滅多に他の先生をたしなめたりしない私から、そんな風に言われたのが意外だったのだろう。

「定時までに記録書いちゃいましょ」

「はーい」

会話が中断され、各自のパソコンのキーボードがカタカタと音を鳴らしていたところ、砂弥先生が事務所に戻ってきた。

「お疲れ様です。トイレに行ったついでに掃除もしてきました。記録も今日の分は全て終わってるので、先に上がります」

集団レッスンは基本的に主担当が記録も作成し、T2は補足事項があるときのみ追記することになっている。それ以外のコマのレッスンについても、砂弥先生は早々に記録を終えていたようだ。

砂弥先生は更衣スペースで私服に着替え、事務所を後にした。ベージュ色のトレンチコートが、華奢な身体によく似合っている。

「綺麗だな、砂弥先生」

当の本人が部屋を出たとたん、ぽつりとそう呟く美海先生。また何かよからぬことを言い出しはしないかと、私は正面から睨みをきかせる。

「夏帆先生、怖いです。顔が怖いです」

「あら、何のことかしら」

砂弥先生の本心を聞いた直後だからか、今はたとえ冗談であっても、彼女がゴシップのネタにされるのは耐えられなかった。そんな私の気持ちを知る由もなく、美海先生は無邪気にこう尋ねてきた。

「若い人は色恋話が好きとか言ってますけど、夏帆先生は付き合ってる人とかいないんですか」

「え？」

「そういう話全くしてくれないから、気になっちゃいます」

キーボードのタイプ音がぴたりと止む。いつの間にか碧先生も、ディスプレイ越しに覗くようにして私にちらりと視線を送ってきている。

「いないわよ、付き合ってる人なんて」

「えーっ。じゃあ、好きな人は？」

答えることができなかった。この教室に来てから今まで、それなりに先生達と会話を重ねてはいたが、私は自分自身について話すことを避けていた。

雑談中に恋の話が始まることは今までにもあった。美海先生は学生時代の恋人と別れたばかりで、恋人募集中と言っている。逆に碧先生は、学生時代から今まで長く付き合っている恋人がいるとのこと。今日お休みの渚先生はというと、今は仕事一筋で、恋愛も結婚も興味がないと言っていた。

だけど、私は他の先生達のように、はっきり答えられるようなことがない。

「私は……」

「あ、その反応はＹＥＳですね。どんな人なんですか、夏帆先生の好きな人」

「やめてってば、もう」

曖昧に笑ってごまかすことしかできない。早く残業を終わらせなければならないのに、別のことを考え始めてしまう。放デイに転職する前、私には好きな人がいたのだ。

何とか今日のレッスンの記録を終え、印刷して子ども達の個人ファイルに綴じる。

「夏帆先生、もう上がれそうですか？」

「記録は終わったんだけど、明日のレッスンの準備だけ少ししておこうかと。二人は先に上がって」

「それじゃ、お言葉に甘えますね。お疲れ様です」

明日がお休みの美海先生と碧先生は、更衣スペースで「華金だー」とはしゃぎながら着替えている。自分がとうに失ってしまった若さと輝きを、彼女達に対して感じてしまう。

気を取り直して事務所のキャビネットを開け、明日の一コマ目に担当する子どものファイルを取り出す。この四月に新しく加わったばかりの子で、私がレッスンをするのは明日が初めてなのだ。

レッスンの準備は明日の朝でも間に合うが、先にできるだけ情報を見ておこうと思い、契約時に保護者に書いてもらった「アセスメントシート」を読む。

子どもの学校での様子を書く欄にこんな記載があった。
・大きな音が苦手で、声の大きい担任の先生を怖がっている
・友達からの頼みごとを断れず、無理をしがち

・色々なことを考え過ぎて、他の子よりも作業のペースが遅い

ファイルを閉じた私は、深い溜息をついた。

鏡を見なくても、自分の顔が酷くやつれているであろうことがわかる。アセスメントシートに記されていた子どもの特徴が、私の好きだった人とほぼ一致していたからだ。

――どんな人なんですか、夏帆先生の好きな人。

美海先生の問いかけが頭に蘇る。

私は心の中で、彼との少ない思い出を一つ一つ辿りながら、独りごちるようにしてその問いに答える。

「私が好きだった人は……普通の人よりも少し繊細で、普通の人よりも自己主張が少し苦手で、そして誰より穏やかな人だったのよ」

第四章　鯉のぼりと紙芝居

連休最後の日の明け方、夢を見た。鯉のぼりの泳ぐ空を仰ぎながら、一人、職場に向かう夢だった。夢の中で、私はいつものように玄関から教室に入り、誰もいない静かな廊下を歩いてカメの部屋へと向かう。

部屋ではツムジが眠っていた。

夢の中でツムジの寝顔を見つめていると、本物のツムジに顔を舐められて目を覚ました。早くご飯を食べたいとねだっているようでもあった。

余命一ヶ月と告げられ、緩和ケアに切り替えたのが四月の初め。宣告を受けてから一ヶ月が過ぎたが、ツムジは生きている。体調に波はあるものの、今のところご飯も口から食べられる状態だ。

余命宣告を受けても、百パーセント亡くなるということではなく、奇跡的に生き延びた猫もいるということは知っていた。ツムジもそうなってほしいと願いつつ、先が見えない未来に不安は募る一方だった。

「ツムジ、おはよう」

スマホでラジオをかけて床の上に置くと、ツムジは吸い寄せられるように近づいていった。ラジオはツムジの好きなものの一つで、人の姿がないのに声が聞こえるのが不思議で楽しいらしい。曲が流れると、何となくリズムに合わせるかのように、スマホの周りをぐるぐる歩く遊びが始まる。

『さっそく今日の一曲目をお届けしましたが、改めていい曲ですね』

『そうですね。リスナーの皆様、五月病も吹っ飛んだのではないでしょうか』

ラジオのＭＣの何気ないトークで、前職のことを思い出してしまう。

今からちょうど二年前、前職で好きだった彼は、連休明けに突然職場に来なくなり、そのまま別れも告げずに退職してしまった。

『それでは、本日の二曲目をどうぞ』

てってってって、と軽やかなピアノの前奏が流れると同時に、ツムジはまたスマホの周りを歩き出す。

「待っててね。すぐにご飯作るから」

最近、朝晩の薬を混ぜるための手作りご飯を改良した。食べやすくなるよう、葛粉でとろみをつけたのだ。ツムジはそれをとても気に入っている。

私はワンルームの部屋の隅にあるキッチンに立つ。みじん切りにした材料を熱したフライパンに入れて炒めながら、前職で好きだった人のことをぼんやりと思い返した。

転職前の私の仕事は、大学の職員だった。

事務職の中では給料が高く、ワークライフバランス、福利厚生の面も良いと思われがちな大学事務の仕事だが、部署や時期によっては非常にハードだった。私と彼の所属は入試課で、入試前後は連日深夜までの残業になることもあり、それ以外の時期も高校への宣伝活動に追われていた。

彼は私より一つ年下で、部署が同じになるまでは挨拶を交わす以上の会話もしたことがなかった。二人とも他の部署からの異動で入試課に配属されたが、異動時期は私の方が早かったため、自然と私が仕事を教える流れになった。

私が彼を気にするようになったきっかけは、彼の異動後すぐの出来事だった。

――先輩。合同説明会の配付物、チェック終わりました。

私が作成した資料のチェックを彼に任せたのだが、返された資料をざっと見ただけで驚いた。まず文字がとても綺麗だ。達筆というわけではないが、一画一画を丁寧に書いているのが伝わってくる筆跡だった。内容の方も、誤字脱字はもちろん、細かな表記揺れやフォントの不統一にまで目が行き届いていた。

チェックは赤色で書かれていたが、それとは別に、最後のページに青色のペンでこんなメッセージも添えられていた。

〈資料の作り方、とても勉強になりました！〉

資料のチェック一つにここまで心をこめられる、そんな彼の仕事ぶりに、私は少しずつ惹かれていった。普段、チェック済みの資料は要らなくなったらすぐシュレッダーにかけるのだが、このとき彼に見てもらった資料は、デスクの鍵のかかる引き出しに大切に仕舞っておいた。

私は彼をよく思っていたが、職場ではそうでない人もいるようだった。

――いつもチェックが無駄に細かいんだよね。

――時間ないから早めに決裁取りたいのに、空気読んでほしい。

そんな風に文句を言う人達も、ミスの許されない仕事をするときは、必ずといっていいほど彼を頼っていた。

彼はどんなに自分の仕事が忙しいときも、頼まれごとを断らなかった。それが彼の優しさなのだと理解していたが、日に日にやつれていく姿を見ていると、私は心配でならなかった。

さらにその後、人事異動で入試課の上司が変わってから、彼はますます苦しそうな表情をすることが多くなった。新しい上司は声が大きく、部下がミスをする度に、見せしめのように皆の前で怒鳴りつけるのだった。

ミスの少ない彼は、直接上司から叱責を受けることはなかったが、他の人が怒鳴られているのを聞いているだけでも辛そうだった。

――その彼ってさ、ＨＳＰなんじゃない？

大学時代の友人と久々に会い、彼のことを話したところ、友人の口から聞いたことのない言葉が発せられた。

――ＨＳＰ？

――発達障害とは少し違うみたいだけど、生まれつきの気質なんだって。

ＨＳＰについて調べてみると「細かいことによく気がつく」「頼みごとを断れない」「大きな音が苦手」「共感しやすく、人が叱られているのを見ただけでも辛くなる」など、彼と同じ特徴ばかりが挙げられていた。

彼が今仕事で苦しんでいる原因は、生まれ持った気質で、変えられないもの。

それを知った私は、自《おの》ずと彼に任せる仕事の量を減らすようになった。人一倍仕事が丁寧なうえ、他の人達からも多くの仕事を渡されている彼。せめて私は、彼に負担をかけないよう心がけたかった。

二年前の四月。連休前の最後の勤務日も、彼は同じフロアの中で一番遅い時間までデスクに残っていた。

私は勇気を振り絞って声をかけた。

——松浦《まつうら》くん、手伝うよ。

——ありがとうございます。でも、あと少しなので大丈夫です。

——そっか。それ、何の封筒？

——オープンキャンパスの欠席者に資料を送ってあげたくて……。

私達の大学は、年度最初のオープンキャンパスを終えたところだった。彼の話によると、体調不良で欠席した高校生から、どうしても当日の模擬授業の資料がほしいという問い合わせがあったらしい。

問い合わせを受けたのが他の職員だったら、そういう対応はしていないと断るか、模擬授業担当の研究室に直接問い合わせるよう伝えていただろう。しかし彼は自ら担当の先生に、資料の残部を送りたいと頼みに赴いたそうだ。

――無事に許可を貰えたので、すぐにでもお送りしたくて。

彼のデスクの上には、郵送用の大判封筒と、模擬授業の資料、今後のオープンキャンパスの案内チラシが置かれていた。そして一筆箋とボールペンを手に取ると、いつもの丁寧な文字でメッセージを書いた。

〈本学にご興味を持っていただき、誠にありがとうございます。

次回以降の案内も同封いたします。ご来学心よりお待ちしています。〉

メッセージを書く彼の、白いワイシャツの背中に向かって私はぽつりとこう言った。

――松浦くんは、凄いね。

それは私の心からの言葉だったのだが、彼は何を思ってか黙ってしまう。

フロアに私達以外の職員は残っておらず、節電のため他部署のデスクの方は既に照明が落とされていた。しばらくの沈黙の後、彼は椅子を少し回転させて振り向いた。薄暗い中、真上からの光に照らされた顔は、以前に増して頬のこけが深くなったように見えた。

彼はどこか寂しそうな笑みを浮かべてこう言った。

——俺はいつも、先輩に気を遣わせてしまっていますね。

——別に私、そういうつもりは……。

——前から気づいていたんです。俺が何をするにも時間がかかってしまうから、仕事を振る量も調整してくださっていること。

全てを言い当てられた私は、返す言葉を失った。動揺しつつ、これも彼の個性なのだと思った。彼は人を気遣うだけでなく、他人の気遣いにもいち早く気がつくのだ。

私は彼の個性が好きだった。その個性が良いものか、悪いものかなんてどうでもよく、ただひたすら好きだった。

だから彼に負い目を感じてほしくないのに、それをどう伝えればいいかわからない。結局彼は、何も言えない私をまた気遣い、話題を逸らすのだった。

——そういえば、連休明けは学食で柏餅が出るらしいですよ。

——えっ？

——楽しみですよね。先輩は甘い物は好きですか？

優しい笑顔を見て、涙が出そうになるのをこらえながら、私は「好きだよ」と返事した。

しかし、連休が明けると職場に彼の姿はなかった。

上司には体調不良だと連絡があったそうだ。何日経っても彼は復帰せず、二度と職場に姿を見せることはなかった。

業務連絡用にＬＩＮＥは交換していたが、とてもじゃないが連絡することなんてできなかった。「ちょっと変わった人だったもんね」という周りの冷たい反応が、私の苦しみに拍車をかけた。

私は、彼を助けるどころか、負い目を感じさせてしまっていた自分自身に絶望した。坂を転げ落ちるように仕事がどんどんできなくなり、年度末を待たず逃げるように大学の仕事を辞めてしまった。

私は自分の人生を諦めた。

それなのに、私はまだ、命というものへの希望と信頼を捨てきれずにいる。自分のことを諦めた分、私は別の誰かの命を育てることに携わりたい。命の可能性を信じたい。

生まれつきの特性なんて関係なく、この世界で力強く生きていける人が、一人でも多くなるように。

連休明けの最初の通院にて、ツムジに奇跡のようなことが起きた。

「腫瘍が小さくなっています」

耳を疑いそうになったが、ツムジの状況を告げた主治医の笑顔を見て、身体中から力が抜けた。

食事の工夫の成果もあってか、ツムジは目に見えて元気になってきている。もう少し体力が回復したら、抗がん剤治療の再開を考えてもいいかもしれないと主治医から伝えられた。

「このまま緩和ケアだけで治る可能性はないんですか」

「ないことはないですよ。余命宣告を受けて、緩和ケアで穏やかな最期をと思っていたところ、回復して何年も生きるというケースもあります」

ネットで猫の闘病記を調べていると、そういった事例があることに私も気づいていた。少数派ではあるのだろうが、ツムジもこのまま治るのではないかと期待せずにはいられなかった。

「抗がん剤治療をどこまで行うかの見極めは非常に難しいです。ツムジくんの状態をしっかり見て、相談のうえ決めていきましょう。それと、ネットの事例を過信するのはあまり良くないです。特定のサプリメントや食品を摂取しただけで治ったという記載もときどき見られますが、個々の猫によるでしょうし、そもそも真実でない可能性もあります」

「はい」

診療を終えて病院を出る。

通院先の病院は、大倉山から電車で一つ隣の菊名《きくな》駅まで行き、そこから歩いておよそ十分のところにある。途中で港北《こうほく》図書館の前を通るのだが、まだ鯉のぼりが飾られていた。建物の最上部から、地面と平行になるようにロープが張られ、大きい順に並んだ鯉が風に揺られている。

さらに、この日は玄関前の広場でイベントも催されているようだった。

「長らくお待たせしました！　港北昔ばなし紙芝居の始まり始まり～」

土曜日の昼下がり、広場のベンチは子どもからお年寄りまで多くの人で賑わっていた。前方で語り手の男性が、木でできた紙芝居舞台の扉を開く。

横浜市では、地域に伝わる民話や伝承をテーマにした紙芝居が多数作られ、上演やホームページでの公開が行われている。足を止めて見てみたい気持ちもあったが、ツムジを連れて長時間外出するわけにもいかず、私は家路を急いだ。

新年度を迎えて一ヶ月が過ぎた大倉山教室は、新一年生の利用者が増え、日に日に賑やかになっていた。そしてこの日も、利用を検討している新一年生一名に「体験レッスン」を行う予定があった。

「夏帆先生。これ、体験の子の受付シート」

「ありがとうございます」

大瀬良先生から子どもの情報を共有してもらう。体験レッスンを受け付けた際、教室長が電話で保護者にヒアリングを行った内容が記載されている。

今日私が体験レッスンを担当するのは、隼斗《はやと》くんという男の子だ。幼稚園に通っていた頃から、じっとしているのが苦手な「多動」の傾向があり、小学校でも着席して授業を受けるのが困難とのこと。

集中力の続きにくい子かもしれないと思い、国語と算数のプリントは問題の量を少なめに調整した。体験レッスンが始まる三時が近づき、隼斗くんがお母さんに連れられて教室にやってくる。

「わぁ、廊下広ーい！」

玄関で足をぶんぶんと振って、放り出すように靴を脱いだ隼斗くん。そのまま靴を仕舞わず教室に入り、廊下を走り出す。

「キャー、ぶつかる」

「危なーい」

既に教室に来ていた利用者の子ども達は、すっかり怖がって廊下の隅に避難してしまった。一年生ということもあって身体は大きくないが、それでも危険に感じるほどの勢いだった。

私は隼斗くんの走る方向に先回りし、何とか身体で受け止める。

「捕まえた！　廊下は静かに歩こうね」

「はーい」

隼斗くんは抵抗せず、ニカッと笑って返事した。下の歯が二本抜けて、そこから大人の歯が生えかけている。注意されても動じないのは、学校で慣れっこだからだろうか。

レッスン開始の時間になり、私は隼斗くんのお母さんに挨拶する。

「それでは、体験レッスンをさせていただきます。よろしくお願いいたします」

「……よろしくお願いします」

お母さんは深くお辞儀をし、聞き取るのがやっとなくらい小さな声で挨拶を返した。子どもとは対照的に大人しく見える。

「隼斗くん、夏帆先生と一緒にイルカの部屋に行こう」

「うん！　僕イルカ好きーっ」

初対面の指導員と二人きりでも、元気いっぱいの隼斗くん。どうやら人見知りや場所見知りはないようだ。子どもによっては、慣れるまでは教室に入るのを渋ったり、保護者と離れるのを嫌がったりすることも多々ある。

しかし、療育室に入った直後、隼斗くんはさっそく思いがけない行動に出た。

「うおーっ、何だコレ、でっかいゴミ箱！」

「え、ゴミ箱……？」

私が入口の扉を閉めている隙をついて、隼斗くんは部屋の隅に置いてある空気清浄機の方に突進した。さらには、自身の下半身と同じくらい大きな空気清浄機を両腕で抱え、持ち上げようとする。

「わっ、重いーっ。どんだけゴミ入ってるんだ」

「隼斗くん！　それは触っちゃ……」

私は動揺を隠せなかった。空気清浄機のランプやボタンが気になる子どもはときどきいるが、持ち上げようとした子は初めてだ。

隼斗くんの後ろから腕を押さえ、力ずくで引き離そうとする。が、隼斗くんは一向に手放そうとせず、空気清浄機が床の上で引きずられるように動いてしまう。電源コードが引っ張られ、プラグが壁から抜けそうになる。

私は急きょ対応を変えることにした。隼斗くんが動かないように身体を押さえたまま、努めて明るい声で彼に呼びかける。

「ねえ、隼斗くん。今から先生と勝負しようよ」

事前に見た受付シートには、隼斗くんは勝負事が好きだと書かれていた。それを使って空気清浄機を手放すよう誘導するのだ。

「何の勝負？」

「よーいドンで、どっちが早く椅子に座れるかの勝負だよ」

隼斗くんは空気清浄機を抱えたまま、ちらと部屋中央の席の方を見る。そして、またすきっ歯を見せて笑いながら「いいよ」と返事した。

「じゃあいくよ。よーい、ドン！」

隼斗くんが空気清浄機を手放す。そして、私が電源プラグを挿し直している間に、席のところまで走って椅子に座った。

「先生の負けー！」

「あはは、隼斗くん、とっても速かったね」

私は指導員用の席につく前に、隼斗くんの椅子の高さを確認した。着席しやすくするには、まず身体のサイズに合う椅子を使うことが大切だ。念のため違うサイズの椅子もいくつか用意していたが、隼斗くんには今座っている椅子が合っているように見えた。

ようやくレッスンが始まり、隼斗くんは国語のプリント一枚を難なくやりきった。続く算数のプリントもスムーズに解いていく。問題数を減らすまでもなかったかもしれない。意外に集中が続いている。

しかし、プリントの終わりの方まで来たところで、隼斗くんは座ったまま、椅子ごと身体を前後に揺らし始めた。

こんな風に離席の兆候が見られたとき、「頑張って座ろうね」のように、着席を意識させる声かけは逆効果になることがある。意識することにより、座っていることに対する苦痛が増す危険性があるからだ。

そのため、こういう場面では今行っている取り組みの内容を褒め、そちらに意識を向けさせることで自然と着席できるように導いていく。

「隼斗くん、プリントもうこんなに進んだんだね」

「うん！　算数得意なんだ」

私と会話する中で、隼斗くんは椅子を揺らすのをやめた。しかし、しばらくすると今度は両足をガタガタと小刻みに動かした。

また何か声をかけるべきかと思う間もなく、隼人くんは立ち上がる。

「もう一回ゴミ箱で遊びたい！」

「あ、ちょっと」

私が声をかける間もなく離席し、再び空気清浄機に向かう隼斗くん。プリント学習で疲れたのだろう。一度、身体を動かして発散させた方がよさそうだ。

「隼斗くん、床で動物のカルタしてみない？」

「また先生と勝負？」

「そうだよ」

私は動物のイラストが描かれた絵札を、できるだけ床を広く使って並べた。そして文字札の山を中央に置き、それを挟むようにして隼斗くんと向き合う。

「じゃあ、せーので、山札の一番上をめくるからね。文字を読んで、先に絵を見つけた方の勝ちだよ」

「わかった！」

文字札は短く簡単な文章、かつ平仮名のみで書かれている。さっき国語プリントをしたときの様子からすると、隼斗くんは平仮名の読みはほとんど問題なくできている。文字札の文も自分で読めるはずだ。

「いくよ。せーのっ」

私が文字札を一枚めくると、隼斗くんは目で文を読み、床に並べた絵札の中から正解を探す。

「あった！」

「凄い、先生全然追いつけなかった」

しばらく床でカルタを楽しんだ後、席に戻って算数プリントの残りを終わらせた。そこから隼斗くんは一度も離席せず、体験レッスンは無事に終了した。

「楽しかったね。じゃあ、お母さんのところに行こう」

「うん！」

子どもが体験レッスンを受けている間、保護者はサロンで大瀬良先生から教室の説明を受けつつ、モニターでレッスンの様子を見ている。レッスン終了後に利用を即決されることもあれば、検討して後日返事をもらうこともある。

今日の体験レッスンは手応えがあった。入室直後にトラブルはあったものの、子どもは終始楽しそうだった。離席したときもカルタがリフレッシュに繋がり、再び着席してレッスンを続けることができた。

しかし、サロンで保護者と対面した瞬間、私の手応えは覆った。

「ちょっと隼斗には合わないかなと……」

そう告げる前から、お母さんの表情は曇っていた。

「先生はとてもよくしてくださったし、隼斗も楽しそうでしたが」

私にフォローを入れつつも、お母さんは利用しないという返事をして早々と帰り支度を始めた。そして、話の内容を理解していない隼斗くんは、玄関で私に手を振りながらこう言うのだった。

「先生、またね！」

何とか笑顔を作って手を振り返したが、胸の奥がずんと重かった。隼人くんは最後まで、歯の抜けた口をニッとさせて笑っていた。この笑みを見ることは、きっともう二度とない。


失敗に終わった体験レッスンの後、サロンで隼人くんの保護者と話していた大瀬良先生が、私に声をかけてきた。

「ごめんよ。どうも僕の説明が上手く保護者に伝わらなかったみたいだ」

大瀬良先生によると、保護者はやはり隼人くんの離席が気になったようだ。また、私が離席を注意することなく、床の上でカルタを実施したのを見て、この教室に通っても彼の離席は改善されないと感じたそうだ。

「初めのうちは身体を動かす時間も設け、レッスンを楽しむ中で徐々に長く座れるように……と話したんだが、納得してもらえなくてね」

「ありがとうございます。私こそ、もっと上手くできればよかったのですが」

ツムジに関する心配事が少し落ち着き、仕事に本腰を入れようとしていたところ、どういうわけか私はスランプに陥ってしまった。

体験レッスンでの失敗を引きずっているわけでもないのに、五月のレッスンは思いがけないアクシデントが続いた。火曜日の三時に通っている元気くんに至っては、ある日、担当が私だと知ると眉間に皺を寄せてこう言った。

「俺、この先生やだ」

「元気くん、私、何か悪いことしたかな」

「べっつにー」

ふいっと顔をそむける元気くん。

他の先生達になだめられ、どうにか私と共に療育室に入った元気くんだが、レッスン中も以前のような笑顔を見せてはくれなかった。

「元気くん、今日はハサミとセロテープを使って工作をしよう」

工作は通常、ハンディタイプのセロテープを使って行っている。しかし、今日はその代わりに卓上のものを用意していた。前回までのレッスンの記録によると、元気くんがセロテープの扱いに苦戦しているようだったので、より簡単に使えるものをと考えたのだった。

しかし、何を思ったのか元気くんは工作を始めようとしなかった。

「どうしたの？」

「セロテープ、これじゃなくて小さいやつがいい」

「こっちの方が小さいのより切りやすいよ」

元気くんは無言のまま、私とのレッスンを拒んだときと同じように、眉間に深い皺を寄せる。ここはひとまず理由を聞いたうえで、彼の気持ちに寄り添った方がよさそうだ。

「どうして小さい方がいいの？」

「だって、学校でも皆小さいのを使ってるし」

「そっか、理由を言ってくれてありがとう。じゃあ、小さい方でしてみよう」

学校と同じハンディタイプのセロテープを使い始めた元気くんだが、片方の手で台を押さえ、もう片方の手でテープを引っ張る動作が彼には難しそうだった。正面から手を伸ばして手伝おうとするも——。

「フンッ！」

元気くんは鼻息を吐き出すとともに、私の手を払いのける。以前ハンディタイプのセロテープを使ったときは、担当指導員と協力して工作を完成させたと記録されていたのに。元気くんはやっぱり、私のことを拒んでいるのだろうか。

元気くんとの関係がぎくしゃくしたまま、レッスンは最後の十分に差し掛かる。今日は元気くんがツムジに会いに行く番だった。

「元気くん、一緒にカメの部屋に行こう」

まだ私に笑顔を見せようとしない元気くんだが、ツムジには会いたいようだ。ふくれっ面のまま小さくうなずき、私に続いて療育室を出た。

ツムジはカメの部屋の中を散歩していた。入口の扉が開くと反応して、ゆっくりと私達の方に顔を向けた。

「ねぇ、どうして歯ブラシがあるの」

元気くんは、室内の壁に掛かった歯ブラシスタンドを見つけると、私に尋ねた。さっきまでの私への敵対心よりも、突然部屋に現れた歯ブラシへの好奇心が上回っているようだった。

「これでツムジの体をマッサージするの」

「歯ブラシで?」

「そうだよ。見てて」

私は歯ブラシで、ツムジの目と目の間から頭のてっぺんにかけて、くすぐる程度の力加減で撫でていく。ブラシが額に触れる度、ツムジはほんのわずかに目を細める。

次いで、頭のてっぺんから背中までを撫で、少しずつ力を入れながら背中全体を撫で回す。ツムジは目を糸状にし、微睡《まどろ》むように床の上でごろんとなった。

「うわぁ、気持ちよさそう」

元気くんが顔をうんと近づけると、ツムジは薄目を開けて彼を見た。そして大きな欠伸を一つ。

歯ブラシでマッサージをされると喜ぶ猫が多いというのは、ツムジを飼い始めた頃にネットで得た情報だった。SNSや動画サイトには、実際に歯ブラシで撫でられて恍惚の表情を見せる猫達の様子が多数アップされている。

歯ブラシマッサージはこれまで自宅でしていたが、教室の子ども達にもしてもらおうと思い、最近持ってくるようになった。

「俺もする！」

「いいよ。顎の下や首なんかも喜ぶと思うよ」

私から歯ブラシを受け取ると、元気くんはさっそくブラシの先端をツムジの首に押し当てた。しかし、そのとたんにツムジはバタバタと尻尾を振って飛び起きた。瞳孔が開いて目が真っ黒になっている。

「えっ、えっ？　どうして」

「力が強すぎて、びっくりしちゃったのかもね」

「えぇー……」

「元気くん。先生、ちょっとだけ一緒に持ってもいい？」

元気くんは、やはりすぐには同意しなかった。しかし、怯えて今にも逃げ出しそうなツムジの様子を目の当たりにし、観念したように「別にいいけど」と私に歯ブラシを差し出した。

「ありがとう。じゃあ、いくよ」

私は歯ブラシを持つ元気くんの手の上から、自分の手を添える。

そしてもう一度、ツムジの顎下にそっとブラシを当てる。ぐりぐりっと小さな円を描いて撫でながら、顔の輪郭に沿って押し上げるように、首の横、そして耳の下あたりにまでブラシを動かしていく。

ツムジは首を伸ばして上を向き、目をトロンとさせた。

「すっげー！　歯ブラシでマッサージしたらそんなに気持ちいいのかな」

ツムジのマッサージを終えた後も、元気くんの興味は尽きることなく、今度は歯ブラシで自分の腕を撫でようとする。五月だというのに早くも半袖のシャツを着ている彼の筋肉質な腕は、去年に増して逞しくなっているように思う。

「あれ？　あんまり気持ちよくないぞ」

「あははっ。元気くん、猫が歯ブラシの感触を好きなのはね、ブラシの当たる感覚と、猫の舌で舐められる感覚が似てるからなんだって」

「へぇぇーっ」

元気くんは、私への嫌悪感などすっかり忘れて、ツムジに夢中になっている。

心の中でツムジに感謝した。ツムジがいなければ、私は元気くんに距離を置かれたままレッスンを終えることになっていたに違いない。

サロンにて元気くんの保護者へフィードバックを行い、玄関まで見送る。笑顔で私に手を振る元気くんの姿が、扉の向こうに消えた。ほっとすると同時に、指導員としての自信が揺らぐ。

駄目だ。ツムジに助けられているようでは駄目なんだ。


この日は元気くんから三コマ続けて担当レッスンがあった。最後の子どもを玄関で送り出したとたん、身体中にどっと疲れが押し寄せる。

療育室の片づけを終えて事務所に戻ると、渚先生と美海先生がいた。今日のレッスンの記録や、明日の準備をしているところだった。

「お疲れ様です」

「あ、夏帆先生、お疲れ様です。今日職員の数少ないから大変でしたね」

渚先生は、療育予定表のホワイトボードに、明日来る子ども達の名前が書かれたマグネットを貼っていく。それぞれの子どもの隣には、担当する指導員の名前が書かれたマグネットも貼る。

ホワイトボードを見た美海先生が表情を曇らせた。

「うへぇ。明日の私、双《そう》くんと葉《よう》くんの集団担当かぁ」

「美海先生、まだ集団レッスンに苦手意識あるの？」

「いやその、集団というより双くんと葉くんが難しくて……」

美海先生が、後れ毛の先を指でいじりながら弱音をこぼす。しかし、渚先生はいつものように手厳しい口調で言った。

「特定の子に苦手意識を持つのはよくないわよ。来月私シフト係だから、美海先生に双くんと葉くんのレッスンを多めにしておくわ」

「勘弁してくださいよ、もーっ」

指導員といえども人間なので、子どもとの相性はもちろんある。私と元気くんも、相性が悪いだけなのだろうか。いや、彼だけではなく最近レッスンが上手くいかないことが多い。単なるスランプなのか、それとも――。

考え始めると、レッスンの記録を入力していた手が止まってしまう。渚先生がそれに気づいたのか、隣の席から私に声をかけた。

「夏帆先生、どうしたんですか」

「え？　いえ、私も最近レッスンが上手くいかないなと思って。子どもと接するための知識や経験は増えているはずなのに」

働き始めた頃は、毎日のレッスンが手さぐりだった。子どもとの関わり方も、放デイに通う子ども達の個々の特性についても、私は本当に無知だった。

それなのに、知識や経験を積んだ今の方が、一年目の頃よりも苦戦しているように思う。私には原因が全くわからなかったが、渚先生は何か思うところがあるような目で私を見てこう言った。

「なまじ知識や経験がついてきたからかもしれないですね」

「え？」

渚先生はそれ以上何も言わず、席から立ち上がる。明日の療育予定表のホワイトボードを事務所の壁に掛けた。

「予定があるので、先に上がらせてもらいますね」

渚先生が更衣スペースに入った後、残された私と美海先生は会話を続けられるような雰囲気でもなく、各々の作業を進めた。

レッスンの記録を入力しながら、壁に掛かった療育予定表を見た。明日も午後に三コマ連続で担当レッスンがある。さっき渚先生から言われたことの真意がまだわからないが、何とか調子を立て直したい。


五月も終わりに差し掛かり、大倉山教室では毎年七月に実施している七夕まつりに向けての準備が始まった。

七夕まつりは、七月七日を含む一週間の間、通常レッスンの代わりに実施されている行事だ。参加する子ども達は教室のプレイルームに集まり、歌を歌ったりゲームをしたりして一時間を過ごす。また、この行事のときは保護者もサロンで待機せず、プレイルームで子どもと一緒に参加することとなっている。

プログラムは毎年、最初に『たなばたさま』を歌った後、ゲームを一つか二つし、最後にもう一曲歌を歌う。ゲームおよび最後に歌う曲は、毎年五月末に職員のミーティングで決めることになっている。

「それでは、ゲームは『キラキラ星隠し＆探し』に決定します！」

今年も全員出勤の日にミーティングが開かれた。大瀬良先生の進行でサクサク話がまとまり、ゲームの内容は満場一致で決定された。

しかし、最後の歌については選曲が難航した。

「去年が『きらきら星』、その前が『アイスクリームのうた』……」

「七夕や夏にちなんだ曲は、もうやり尽くした感じですよね」

何年も続けている行事であるため、過去に歌った曲以外から選ぶのが難しくなってきているのだった。皆で知恵を絞って七夕から星、宇宙と関連づけていき、何とか候補を出そうとする。

「『COSMOS』なんてどうですか？　星の曲だから七夕っぽくもあるし」

「無茶ですよ。『COSMOS』は高学年向けの曲。うちは低学年の子の方が多いから、難易度も考えないと」

小学校低学年でも難しく感じない曲となると、条件はさらに厳しくなる。膠着状態に陥りかけたそのとき、まだ一言も発言していなかった砂弥先生が、すっと手を挙げた。

大瀬良先生が、どこか嬉しそうに彼女を指名する。

「砂弥先生はどう思いますか」

「はい。新参者の意見で恐縮なのですが、曲のジャンルを七夕や夏に限定しなくても良いのではないかと思いまして」

大瀬良先生が「ほう」とリアクションを取る。他の先生達も、突破口が開かれたように次々と意見を出していった。

「確かに、最初に『たなばたさま』を歌うから、最後の曲は七夕に縛られなくてもいいかもしれませんね」

「じゃあ『世界中のこどもたちが』なんてどうですか？」

「はい！　私は『山の音楽家』がいいと思います」

大瀬良先生が、ミーティング用の脚つきホワイトボードに案を書き出していくと、あっという間に端まで曲名で埋め尽くされていった。そして、出た案の中から決を取る流れになりかけたところで、大瀬良先生が私に声をかけた。

「夏帆先生、まだ何も案を出してないけど大丈夫？」

他の先生達の勢いに圧倒され、私一人だけが発言できていなかったことに、大瀬良先生は気づいたようだ。

こういう場で考えを出すのが遅くなりがちな私だが、教室に通う子ども達の姿を思い返していると、一つの曲が頭に浮かんだ。

「じゃあ、『手のひらを太陽に』は、いかがでしょうか」

「僕らは皆生きている～ってやつですよね」

「はい。手の平はパルマの名前の由来でもあるし、ぴったりじゃないかと」

『手のひらを太陽に』の曲調は明るいが、作詞をしたやなせたかし氏が精神的に辛かった時期に作られた曲だという。暗い部屋の中、懐中電灯の光に手を当てたときに自分の血管が透けて見え、彼は生きていることを実感したそうだ。

子ども達が、すぐに歌詞の意味に気づくことはないかもしれない。けれど、例えば大人になったときに何かのきっかけでこの歌を思い出し、前向きな気持ちになることができれば。

「凄くいいんじゃないですか」

「じゃあ、『手のひらを太陽に』に決定でいい人ー！」

碧先生が声をかけると、全員が手を挙げた。ちょうど昼休憩に入る時間となり、ミーティングは無事に終了した。

ツムジの様子を見ようと事務所から廊下に出たところ、立ち話をしている大瀬良先生と砂弥先生の姿を見かけた。

「砂弥先生が意見を出してくれたおかげで、話がまとまったよ」

「いえ、そんな」

邪推はいけないと思いつつ、前に美海先生達から聞いた話を思い出してしまう。砂弥先生が大瀬良先生を避けているのではないかという話だ。

今も、お礼を言われた砂弥先生はそっけない態度を取っている。最近は指導員とも徐々に打ち解けてきたが、大瀬良先生に対しては相変わらずのようだ。

しかし、私はそれ以上に、大瀬良先生の砂弥先生への態度が気にかかった。ミーティング中に砂弥先生が発言したときといい、嬉しさを隠しきれない様子なのだ。彼はいつも一歩引いたところから指導員を温かく見守っているが、砂弥先生と話すときは前のめりになっているように思う。

——怪しい関係とはいかなるものでしょう？　碧探偵。

——んーそりゃまあ、不倫とか……。

美海先生達の会話を思い出しながら、違う、違うと嫌な考えを振り払おうとする。きっと大瀬良先生は、異動して間もない砂弥先生を気遣っているだけだ。彼はいつも職員皆が気持ちよく働けるように気を配っている。さっきのミーティングで私がなかなか意見を出せずにいたときも、手を差し伸べてくれた。

これ以上二人の方を見ないようにして、カメの部屋に入る。

「ちょっ、ツムジ？」

私は自分の目を疑った。ツムジは元気いっぱい部屋の中を走っている。いや、何かを追いかけているようだった。よく見ると、ツムジの目線の先で一匹の小さな蜘蛛が床を這っていた。

ピョンピョンと跳ねるようにしてある程度近づいた後、前足で仕留めようとするツムジ。抗がん剤が効いていた頃、レーザーポインターの光を追って走っていたときと同じくらい体力が戻ってきているように見えた。

「凄い。ひょっとして、本当にこのまま治る……？」

希望に胸を膨らませつつも、ひとまずツムジを抱いて事務所に避難した。毒蜘蛛だったら大変だ。

「すみません、事務所に箒とちり取りってありましたっけ」

「奥のロッカーに入ってますけど、どうしたんですか」

カメの部屋に蜘蛛が出たことを伝えると、事務所にいた指導員達は揃って悲鳴を上げた。唯一冷静な砂弥先生が、ツムジを預かろうと手を差し伸べてくる。

「夏帆先生、一人で大丈夫ですか」

「大丈夫ですよ。私、田舎育ちだからか虫とか全然平気なんです」

箒とちり取りを手に、笑って事務所を出た。

カメの部屋に入ると、蜘蛛は壁の高いところにまで移動していた。まるで殺されることを予期して逃げているように。背伸びをして箒を伸ばすと何とか先端が届き、つついた拍子に床に落ちる。

「こらこら、あなたの居場所はここじゃないよ」

今度は箒を使って上手く誘導し、蜘蛛をちり取りの中に入れる。そのままカメの部屋を出て、教室を抜け出し、階段を下りて建物の一階へ。

入口の扉を開けると、外は清々しいほどの晴天だった。

「生き抜いてね」

ちり取りを外の地面に置くと、蜘蛛はしばらくその中を行ったり来たりした後、じりじりと日に熱されるアスファルトの歩道へと這い出ていった。

虫が平気だと言ったのは、実は少しだけ強がりでもあった。事務所で悲鳴を上げた先生達と同じように、蜘蛛を一目見ただけで背筋がぞっとし、気味が悪いと思ってしまった。

そういう姿に生まれついたのは、蜘蛛の運命だ。だけど――。

「何も悪いことしてないのにね」

蜘蛛の行き先を少しだけ見届けようと、私も建物から数歩外に出た。しかし、小さな命の姿は早くも見えなくなっていた。

隣にある喫茶店の店員が、青いバケツと柄杓《ひしやく》で打ち水をしていた。軽く挨拶を交わした後、踵《きびす》を返して職場の建物を仰ぐ。今日の空に負けないくらい、鮮やかなマリンブルーの外壁が眩しかった。

第五章　雨と青ガエル

六月に入り、毎日のレッスンの中でも少しずつ、七夕まつりに向けた取り組みが行われるようになった。毎回レッスンの始まりには『たなばたさま』、終わりには『手のひらを太陽に』の歌を子どもと一緒に歌う。

日曜二コマ目の花音ちゃんは、レッスンで歌の練習をすると予告していたところ、六月最初のレッスンで自宅から玩具のウクレレを持ってきた。

「このウクレレ、花音ちゃんの？」

「そうよ。昨日、パパに買ってもらったの」

「昨日って……花音ちゃん、誕生日はまだ先だったような」

「うん。普通の日だけど買ってもらったんだよ」

相変わらずの娘への溺愛っぷりに、苦笑いしつつも微笑ましくなってくる。

療育室に入って『たなばたさま』を歌おうとしたところ、花音ちゃんは突然ウクレレを持って自分の机にひょいと飛び乗った。組んだ脚を机の横に投げ出し、膝の上でウクレレを抱える。

「花音ちゃんっ、机に乗るのは危ないよ」

「ふっふーん。こうやって弾く方が優雅でしょう？」

ポロンとウクレレの弦を弾いた後、花音ちゃんは同じ手で長い前髪をかき上げる。確かに、小学生にして芸能人になれそうな貫禄が漂っていなくもない。

花音ちゃんと一緒に『たなばたさま』を歌って、彼女の歌声の綺麗さに驚いた。話すときは鈴が転がるような可愛い声だが、それに吐く息の量が増えて、神々しいくらいの響きが生まれている。

「花音ちゃん、歌がとっても上手だね」

「当たり前よ。毎日家で歌ってるもん」

最初に得意な歌を披露できたことが自信に繋がったらしく、この日の花音ちゃんは文字書きの取り組みにもいつもより意欲的だった。

「それじゃ、次は笹に飾る短冊にお願いを書いてみよう」

「うん！」

今、大倉山教室のプレイルームには、七夕用の人工笹が飾られている。大きな鉢に植えられ、大人の背丈と同じくらいの高さがあり、本物と見分けがつかないくらいだ。

子ども達はレッスン中の時間を使い、折り紙で飾りを作ったり、画用紙の短冊に願いごとを書いたりしている。

「お願い、何にしようかな」

運筆の取り組みも抵抗なく行えるようになってきた花音ちゃん。そして、取り組みを行う中で文字書きが苦手な原因も徐々に明らかになってきた。

花音ちゃんは文字を読むことは問題なくできる。そして、読んだ文字の形を頭の中で記憶する「視覚性記憶」も正常に働いている。だから文字書きの際にも、左右が逆になる「鏡文字」や、その他の明らかな書き間違いはない。

しかし花音ちゃんは、目で見た文字の情報に従って鉛筆を細かく動かすという「目と手の協調」が上手くいっていないようだ。そのため、文字が歪んでしまったり、マスからはみ出してしまったりする。

このような特性を持つ子どもは、文字書き以外にも、手先を使うことや運動が苦手になりやすい。花音ちゃんの保護者に訊ねてみたところ、やはり彼女もその傾向があるとのことだった。

目と手の協調を楽しく改善できるよう、レッスンでは色々な形の線をなぞるプリントや、点を繋いで絵が描けるプリントに取り組んでいる。

また、花音ちゃんは鉛筆を持つときに人差し指が浮く癖があった。そこで、鉛筆の持つ部分にダブルクリップを取りつけて、取っ手の金具部分の間に人差し指を入れるように促したところ、安定して鉛筆を持てるようになってきている。

「よし、決めた。これにしよう」

花音ちゃんは、長方形に切られた白い画用紙の上に、ゆっくりと鉛筆の先を押しつけるようにしてこう書いた。

〈ツムジのびょうきが早くなおりますように　花音〉

願いの内容には彼女の優しさが表れていた。しかし、それが叶わなかったときの彼女の気持ちを考えると、私はどう声をかけていいかわからなくなる。

「夏帆先生、どうして悲しい顔してるの」

「えっ」

「ツムジの具合、よくないの？」

花音ちゃんに真っ直ぐなまなざしを向けられ、とっさにこう言ってしまう。

「ツムジは元気にしてるよ。病気もきっともうすぐ治るよ」

「よかったー！」

「だから私達は、私達にできることをしようね。短冊にお願い書いてくれてありがとう。ツムジも喜ぶよ」

「うん」

書いたばかりの短冊を持ってひらひらと舞わせながら、花音ちゃんは笑っていた。ずっと見続けていたいような笑顔だったが、だからこそ先のことを思うと胸の奥がざわつく。

もしツムジの病が治らなければ――もし願いが叶わなければ、この笑顔はどうなってしまうのだろう。


六月も二週目に突入した。

一週目のレッスン中に作られた短冊や飾りが、プレイルームの笹を彩っている。いつもより早めに出勤した月曜日の朝、私は事務所に入る前にプレイルームに立ち寄って、子ども達の短冊を一つ一つ読んでいった。

〈青ガエルのもけいがほしい　鉄夫〉

〈○○○○くんと両思いになれますように♡　恋糸〉

〈タイガースゆうしょう　こたろう〉

〈テストで百点いっぱい取りたい　真実〉

〈サッカーがんばる　ゆう声〉

優声くんは、四年生になって小学校のサッカークラブに入った。以前、元気くんと猫じゃらしで遊んでいる姿を見たお母さんが、話さなくても一緒に身体を動かすことで友達と交流できる環境を作ってみようと思い立ったそうだ。

優声くんのお母さんは場面緘黙についてサッカークラブのコーチに事情を説明し、言葉での返事や挨拶の代替手段として、挙手やハイタッチなどの身振りを使えるよう配慮してもらっているという。

今も言葉を発することはほとんどない優声くんだが、三年生のときよりも笑顔を見せることが多くなったように思う。

優声くんの短冊の隣には元気くんの短冊も飾られていた。しかし、内容は読んだだけではよくわからなかった。

〈しんでんに行きたい　元気〉

ゲームか何かの話だろうか。今週は私が元気くんのレッスン担当だったはずなので、どんな願いなのか聞いてみようかと思った。

「夏帆先生、ずいぶん早いじゃないか」

玄関から声が聞こえ、振り向くと大瀬良先生が出勤してきたところだった。大瀬良先生は靴を脱ぐとプレイルームに入ってきて、一緒に短冊を見た。

「いいね。一人一人、個性が溢れ出ている」

「そうですね」

大瀬良先生は暑がりなのか、早くも夏場のようなリネンの白Tシャツを着ている。サンダルで来たのか、足元も裸足だ。

入社一年目の去年は、他の先生達の服装なんかを気にかけている余裕もなかった。毎日が慌ただしく過ぎ、やるべきことをこなすのに精一杯だった。けれど今はそれが少し落ち着き、色々なものが見えてくるようになった。他の先生達のことも、そして子ども達のことも。

「大瀬良先生。私は最近、この教室の子ども達がどんな大人になるんだろうって、度々考えてしまうんです」

この教室は小学生を対象とした放デイだ。小学校を卒業すると同時に、利用者の子ども達はこの教室も卒業する。しかし、彼ら彼女らの人生はこの先、この教室で過ごした年月の何倍も長く続いていく。

「子ども達の特性による生きづらさは、今だけでなく、将来もずっと続いていくのではないかと。それは私達には変えられない運命なのではないかと……」

「運命……？」

神妙な面持ちになった大瀬良先生のリネンのTシャツには、裾の部分に青っぽいシミがついている。一週間前に、小学校を訪問して図工の授業を見学したときについた絵の具のシミだ。

私達は事業の一環で、利用者の子どもが通う小学校を訪問して、子どもの情報共有を行うことがある。私と大瀬良先生が訪問した小学校では、その日、四年生の授業で、隣の席の友達の似顔絵を描くという取り組みを行っていた。

うちの教室に通う四年生の男の子は、ペアの子の顔を見ようともせず、真っ青な絵の具のついた筆を紙に押しつけて殴り書きを始めてしまった。

その子は同じ年齢の子と比べて空間認知能力が極端に低く、ハートや星形などの簡単な図形の模写も難しいのだった。似顔絵描きについても、真面目に描いて失敗するくらいなら、最初からわざとふざける選択をとったのだろう。

――ねえ、私の顔ちゃんと描いてよ！

――お前が動くから上手く描けないんだよ！

相手の子と口論になってしまい、見かねた大瀬良先生が止めに入った。

——パルマの先生達が見てるから上手く描けなかったんだ！

その子は怒りの矛先を変え、今度は、絵の具のついた筆を大瀬良先生に向かって振り回し始めた。クラスの他の子達は、妙に冷めた目でその光景を眺めた後、すぐに各々の作業に戻っていった。まるで、こんなトラブルはよくあることだと言わんばかりに。

今、目の前の笹にはその子がレッスンで書いた短冊も飾られている。

〈がっこうのみんなと、なかよくあそびたい〉

彼の書いた短冊の文字は、どこまでが一文字なのか判断できないくらいに乱れている。また、「あ」の文字は最初に「お」と書き間違えた後、消しゴムで消して書き直した形跡が見られた。

彼の場合、同じく文字書きが苦手な花音ちゃんと違い、目で文字の形をとらえること自体に困難を抱えている。そのため、書く文字が歪になるというだけでなく、似たような字を読み間違えたり、書体が違うと同じ文字として認識できなかったりすることも多い。

時間をかけて短冊を解読し、やっと内容が理解できたと同時に、彼の願いは果たして叶うのだろうかと絶望的な気持ちになる。この先も、周りの友達から理解されず衝突することばかりになってしまうのではないか。

うちの教室でも、点つなぎプリントなどの空間認知向上の取り組みは行っていた。しかし、今のところ成果が出ているとは言えない状況だ。

生まれ持った特性に抗うことはできないのだろうか。

「この子達は、私達の想像を絶するくらい過酷な運命を背負っているんじゃないか……最近、そんなことを度々考えてしまうんです」

ほんの一瞬、隣から大瀬良先生の視線を感じた。

「運命か」

私が横を向いたとき、大瀬良先生は既にプレイルームの出口に向かって歩き出していた。いつの間にか始業間近の時刻になっていたのだ。

迷いを吹っ切るようにして、私も足早に後を追った。今日も子ども達がやってくる。

週明け早々だというのに、この日はちょっとした問題が起きた。朝礼を済ませ、午前の業務が始まってすぐ、教室に一本の電話がかかってきたのだ。

「今週の元気くんのレッスン、金曜五時半に変更希望だそうで」

保護者から時間変更希望の電話を受けた大瀬良先生は、変更できるか確認するため一度電話を切り、私達に相談してきた。

「お母さんの仕事の都合みたいでさ」

「それは変更させてあげたいですね。ただ、今週の金曜五時半は――」

通常、金曜五時半のコマは恋糸ちゃん、虎太郎くん、真実ちゃんの集団レッスンのみだ。しかし、今週は既に日曜二コマ目の花音ちゃんも、週末予定が入ったため金曜五時半に時間変更をしている。

「元気くんまで入ったら、レッスンする指導員の人数が足りませんね。集団にT2も入れて二人、花音ちゃんと元気くんの担当に一人ずつ必要です」

必要な指導員は四人。しかし、その日出勤予定の指導員は私と砂弥先生、それに渚先生の三人だ。

「集団をT2なしでするとか……」

「いやいや、さすがにT1だけでは厳しいですよ」

こうなってくると、残された手段は三つだ。元気くんの時間変更を断るか、美海先生や碧先生がシフトを変更して出勤するか、もしくは他教室に「ヘルプ」を依頼するか。

今回のようなケース以外でも、例えば指導員の体調不良などで人員が不足した場合、近隣の教室から応援に来てもらうことはときどきある。もちろん、こちらの指導員が他教室に行くこともあり、教室同士は常日頃から助け合いの精神を持って接している。

しかし、今日は大瀬良先生が思いがけないことを言い出した。

「仕方ない。僕がレッスンするよ」

その場にいる指導員達が「レッスン？」「大瀬良先生が？」とざわめく。

教室長も指導員に代わってレッスンを行うことができる。しかし、私が入社して以来、大瀬良先生がレッスンをしているところを見たことはなかった。

どうして今回、突然自分でレッスンをすると言い出したのだろう。

考える間もなく、大瀬良先生は今月のシフト担当である渚先生に、金曜五時半の当初の予定を尋ねる。

「渚先生、誰がどの子を担当する予定だったんだい？」

「恋糸ちゃん達の集団のＴ１が私、Ｔ２が夏帆先生。それに花音ちゃんが砂弥先生です。そこに元気くんが時間変更で入ってきて……」

「じゃあ、元気くんを夏帆先生に担当してもらっていいかな。僕が代わりに集団のT2をするから」

私が同意すると、大瀬良先生はへらっと笑って言った。

「レッスンし慣れてないから、T2もまともにできるかどうか」

「とんでもないです、とても助かりますよ！」

渚先生は声を弾ませてそう言った。大瀬良先生と一緒にレッスンできることが嬉しいようだ。

私はもともと今週、元気くんを担当する予定だった。大瀬良先生のことを疑問に思っている場合ではない。元気くんに対して芽生えつつある苦手意識を、次のレッスンでどうにかしなければ。


金曜日の五時半は一人の欠席もなく、レッスンの五分前になると玄関は五人の子ども達で賑わった。

「夏帆先生、あの子誰ー？」

「いつも他の曜日に通ってる友達だよ。名前聞いてくる？」

「うん！」

恋糸ちゃんは早くも、時間変更で一緒になった花音ちゃんや元気くんに興味を持ったようだ。プレイルームで笹飾りを見ている花音ちゃんに近づいて、声をかけた。

「ねぇ、名前何ていうの？」

「日田花音だよ」

「私は綾瀬《あやせ》恋糸。恋糸って呼んでね！」

恋糸ちゃんは持ち前の人懐っこさで他の子達にも声をかけ、プレイルームに連れ出した。五人の子ども達は、各々の短冊に書いた願いを見せ合う。

恋糸ちゃんの願いを読んだ花音ちゃんが尋ねた。

「恋糸ちゃん、両思いになりたい子がいるの？」

「うん。でも誰かは内緒！」

内緒と言いつつ、恋糸ちゃんの目線はしっかりと虎太郎くんの方を向いている。花音ちゃんもそれに気づいてクスクス笑っているが、当の虎太郎くんは元気くんとプレイルームで鬼ごっこに夢中だった。

「元気くん、短冊に〈しんでんに行きたい〉って書いてたよね」

鬼ごっこが一段落して休憩している元気くんに、私は気になっていたことを聞いてみた。

「うん。前に行ってカッコよかったから、もう一回行きたいんだ」

「そうなんだね」

結局具体的な場所はわからないままだったが、興奮気味に語る元気くんの笑顔を見ていると、嬉しくなる。

レッスン開始の時間となり、子どもを見守っていた保護者達はサロンへと歩いていった。私達指導員も、各々の担当の子どもを連れて療育室に行こうとしたのだが、そこで事件が起きてしまった。

「ねぇ。この短冊書いたのって、あなた？」

花音ちゃんに突然そう尋ねたのは、丸い眼鏡をかけた真実ちゃんだった。

「そうだけど」

「こんな願い叶わないよ。別のにしなよ」

和気あいあいとしていた子ども達の間の空気が、一気にぴんと張り詰めた。

花音ちゃんの短冊には〈ツムジのぴょうきが早くなおりますように〉と願いが書かれている。私が担当したレッスンの時間に書いたものだ。

自分の書いた願いを否定され、花音ちゃんもムッとして言い返す。

「何よ、ツムジの病気が治らないってこと？」

「そうよ。だってリンパ腫なんでしょ」

「え……？」

「うちで昔飼ってた猫も同じリンパ腫で、死んじゃったもの」

ツムジを教室に連れてきた当初、保護者に説明をした際、リンパ腫であることは伝えていた。真実ちゃんはきっと、お母さんからツムジの病名を聞いたのだろう。それにしても、彼女も猫を飼っていた経験があったとは。

「今のツムジみたいに、よくなったように見えた時期もあったよ。だけど、またすぐに弱って、何がなんだかわかんないうちに死んじゃった」

ツムジが死んでしまうと思っていても、真実ちゃんは少しも悲しそうな素振りを見せない。以前から彼女は、他の子達と比べてどこか達観したような言動を取ることが多かった。

しかし、他の子達は真実ちゃんのように、ツムジが治らないという可能性を受け入れることができないようだ。

「うっ……」

花音ちゃんの目が、みるみるうちに潤んで真っ赤になる。

して駆け寄る。

「うえぇぇぇーん！」

プレイルームに花音ちゃんの泣き声が響き、真実ちゃんを除く子ども達が心配

「泣いてもうた……」

「花音ちゃん、泣かないでー」

恋糸ちゃんが慰めても、花音ちゃんの涙は止まらない。恋糸ちゃんは徐々に苛立ちを募らせ、とうとう真実ちゃんに向かってそれを爆発させた。

「ちょっとあなた、謝りなさいよ！」

「どうして？　私は本当のことを教えてあげただけだよ」

見かねた先生達が、何とか子ども達を制止して、各々の担当する子どもを療育室に連れていく。私も元気くんの手を引いてクラゲの部屋に入った。

元気くんは、さっきプレイルームで女の子達が言い争っている中に入っていく様子はなかった。しかし、真実ちゃんの発言については気にしているようで、レッスンが始まって間もなく私に質問してきた。

「あの眼鏡の子は嘘ついてるんだよね？　ツムジが死ぬわけないもん」

元気くんは先週も、担当指導員と一緒に、ツムジに歯ブラシでマッサージをし

たと聞いていた。

ツムジは奇跡的な回復を見せている。私がこの教室に通う子どもだったら、きっと元気くんと同じように、ツムジが死ぬなんて信じられないだろう。けれど、ツムジの病気がこのまま治る保証も全くないのだ。

「元気くん……」

この子に、何をどう伝えればいいだろう。

考えれば考えるほど、言葉は出てこなくなる。元気くんは他の子に比べて感情のコントロールが難しい。伝え方を少し間違えれば、彼がどんな言動をとるか──想像しただけで心配になってくる。

「ツムジはね、病気が治るように凄く頑張ってるよ」

事実を伝えることも、「大丈夫だよ」と期待を持たせることもできず、ずれた答えになってしまう。

すると、元気くんは椅子をガタッと鳴らして立ち上がった。向かい合っている私の席の方まで歩いてきて、準備物を入れた籠の中に手を突っ込む。

「元気くん、どうしたの？」

「折り紙！」

「折り紙を探しているの？」

元気くんは籠の中を手で漁りながら「千羽鶴折る！」と言う。

好きな青色の折り紙を見つけて籠から引き抜いたが、力を入れて握ったため端がぐしゃりと潰れてしまった。元気くんは無言で自分の席に戻り、机の上に折り紙を広げて皺を伸ばす。

「千羽鶴を折ったら病気が治るって、学校で習った」

元気くんは私に、鶴の折り方を教えてほしいとせがんだ。

以前、レッスンで元気くんと折り紙をした日のことを思い出す。数回折るだけの簡単な猫の折り紙でさえ、完成させる前に癇癪を起してしまった。折り鶴に挑戦するのは彼にとって早すぎる。

「鶴もいいけど、今日は星にしてみない？」

「やだ、鶴がいい！」

元気くんは着席したまま膝を勢いよく上げ、机の裏をガンガンと蹴り始めた。やむを得ずもう一枚折り紙を取り出し、元気くんに手本を見せる。

「まず白い方を表にしたら、三角の形になるように半分に折って——」

渚先生からのアドバイスを思い出し、完璧でなくてもいいと示すために、わざと端を少しずらして折ってみせる。自分の知っている中で一番簡単な平面の折り鶴を選んだが、それでも元気くんにとって一人で折るのは難しそうだ。

「手伝おうか？」

「やだやだ、自分でする！」

元気くんが鶴を完成させたとき、レッスン時間の半分以上が経過していた。角や線がぴったり重なるように折るのはやはり難しかったようで、青い鶴はところどころずれて裏面の白色が見えている。

「自分で折れたね、元気くん」

「……………」

ようやく出来上がった鶴を目の前にしても、元気くんの表情は浮かないままだ。納得のいく出来じゃなかったのかと思っていると、元気くんは鶴の羽を指で持ち上げてこう言った。

「これ、違う。鶴じゃない」

「え？」

元気くんは鶴のお腹を机につけて立たせようとするが、立体でないためすぐに倒れてしまう。

「どうして立たないの！」

「これは平面っていって、立つ折り方じゃないんだ」

折り紙で猫を作ったときと全く同じように、元気くんの頬が腫れるように赤く染まっていった。作ったばかりの鶴を両手でぐしゃっと握りつぶす。

「立つやつがよかった！」

そう言って一瞬私を睨んだ後、元気くんは顔のあちこちに皺を寄せて泣き出してしまう。確かに一般的な折り鶴は、羽根を広げた状態で立つ立体的なものだ。元気くんが学校で習ったのも、立体の折り鶴だったのだろう。

元気くんは握りつぶした折り鶴を放り投げると、席を立って入口の扉の方に走っていく。

「もうこんな教室いたくない！　今から神殿に行く」

「元気くん、ちょっと待って――」

前に同じような状態になったときは、渚先生がクールダウンのために元気くんを連れ出してくれた。しかし、今は私以外の指導員も、大瀬良先生も他の子どものレッスン中だ。ここは私だけで何とかしなければ。

「神殿で、ツムジが治るようにお祈りする！」

元気くんは短冊にも〈しんでんに行きたい〉と書いていた。今もしきりに訴えているが、いったい何のことなのか、まだわからない。

そのとき突然、外から入口の扉が開けられた。元気くんのお母さんが、子どもの分の荷物も全て持って立っていた。サロンでレッスンの様子を見て駆けつけたようだ。

「すみません。今日はこれ以上は難しそうなので、連れて帰りますね」

「いえ、あの……」

「大丈夫、大丈夫！　いつもと違う曜日だから、調子が出なかったんだと思います。それに、レッスンの直前に友達の言い合いを見て心が乱れていたのかも」

お母さんは明るく振る舞っているが、空元気なのが見て取れた。

元気くんはお母さんの身体に両腕を回し、顔をうずめて泣きじゃくる。お母さんはその頭を撫でながら、もう一度私に「本当に申し訳ございません」とお詫びを言った。

申し訳ないのは私の方だ。レッスンの途中で子どもが帰ることになるのは初めてだった。

元気くんとお母さんを玄関まで見送り、廊下の掛け時計を確認する。六時十分。レッスン終了まであと十分ほどだ。

そのとき、集団レッスンを行っているクジラの部屋の方から扉の開く音がして、真実ちゃんと大瀬良先生の声も聞こえてきた。今日は真実ちゃんがツムジに会う番だから、T2の大瀬良先生が付き添っているのだ。

「皆、どうしてツムジが治るって思ってるんだろう。どうせ死んじゃうのに」

真実ちゃんは、レッスン前に友達と言い合った件について、まだ不満に思っているようだ。

二人の声と足音が、私のいる廊下に近づいてくる。思わず事務所の中に隠れつつも、二人の会話が気になった。大瀬良先生は真実ちゃんにどんな言葉をかけるのだろう。

事務所の内側から、廊下へと通じる扉に耳を当てる。

しばらくすると、足音とともに大瀬良先生の声がした。ゆったりとした話し方を聞くだけで、微笑んでいるのがわかった。

「真実ちゃんは、飼っている猫が死んで悲しい思いをしたんだね」

「別に悲しくないよ。だって仕方ないじゃん」

いつものように大瀬良先生の言葉をぴしゃりと否定する真実ちゃん。

すると、扉越しに聞こえる足音が急に小さくなった。大瀬良先生が立ち止まったのだ。ほんのわずかの後、真実ちゃんも足を止めたらしく、音は完全に聞こえなくなった。

「どうしたの、先生。早くカメの部屋に行こうよ」

真実ちゃんが苛立った口調で言う。

次の瞬間、私は自分の耳を疑った。

「うん、行こう。だけど、その前に一つ聞いてほしい」

それは確かに大瀬良先生の声だった。しかし、今までに聞いたこともないくらい、重く低い声だった。

真実ちゃんも大瀬良先生の様子に気づいたのか、何も言わなくなる。

「確かに君の言うとおり、ツムジの病気は治らない可能性の方が高いよ。だけど、花音ちゃん達は治ってほしいと願っているんだ。そんなときに、治らないと言われたらどんな気持ちになるかな」

大瀬良先生は真実ちゃんに語りかけた。その姿は私からは見えないが、おそらく、真剣なまなざしで。

「真実ちゃんは、花音ちゃん達に本当のことを教えてあげようとしたんだね。だけど、相手を傷つけないためには、本当のことを言わない方がいいときもあるんだ。相手の信じたいことや、願っていることの方を優先させてあげるのも、ときには大切なんだよ」

自分の思ったことや、相手を傷つける事実をそのまま口にしてしまう。それが真実ちゃんの特性だ。しかし、今、大瀬良先生はそんな彼女と真正面から向き合おうとしている。

そして少し声を穏やかにして、こう言うのだった。

「それに、ツムジの病気が絶対に治らないと決まったわけじゃない。真実ちゃんも皆と一緒に、ツムジがよくなるように願ってくれないか」

真実ちゃんはしばらく黙ったままだった。やがて、小さな嗚咽《おえつ》がしたかと思うと、「やだよ」と絞り出すような声が聞こえた。

「私が飼ってた猫は死んだのに、どうして、ツムジが治るようにお願いしなきゃいけないの?」

普段、他の子達よりも大人びた物言いをする真実ちゃん。しかし今、彼女の声は話せば話すほど荒れていき、それを聞いた私は、初めて彼女の本当の気持ちを知ったのだった。

「ずるいよ！　同じ病気なのに、ツムジだけ元気になるなんて不公平だよ！」

真実ちゃんも、本当は飼っていた猫が死んで悲しかったのだ。しかし、彼女は幼くしてその現実を受け入れざるをえなかった。だから他の子達にも、自分と同じように「ツムジは死んでしまう」ということを事実としてわからせようとしたのだ。

「そうか。今日はツムジと会うのはやめておいた方がいいかな」

「会いたくない！　ツムジなんて死んじゃえ」

わあああっ、と、たがが外れたようにむせび泣く真実ちゃん。

事務所の扉を少し開けて、様子をうかがう。大瀬良先生は廊下に跪《ひざまず》き、泣きじゃくる真実ちゃんの頭を撫でていた。私の方からは背中しか見えず、どんな顔をしているのかはわからない。

「じゃあ、一緒にお母さんのところに行こう」

大瀬良先生は立ち上がり、真実ちゃんの手を引いた。

私は慌ててまた事務所の扉を閉める。

「ごめんな、少し言いすぎた」

大瀬良先生がそう言った後、二人は一言も言葉を交わさなかった。サロンへと向かう足音は徐々に小さくなり、静かな余韻を残して消えてしまった。

　レッスン終了後、職員四人は各々の席で事務作業を進めた。いつもならその日の子どもの様子について、誰からともなく話し始めるのだが、今日は皆静かなままだ。

「大変な一日でしたね」

　皆の疲れきった雰囲気を察したのか、砂弥先生がコーヒーを淹れてくれた。キッチンに置いてある各先生のマグカップに注ぎ、配って回っていた。

「大瀬良先生も、レッスンお疲れ様です」

「いやぁ、今日はしくじったよ。真実ちゃんに大泣きされた」

　コーヒーで一息ついた後、大瀬良先生は皆に先程のことを報告した。

　大倉山教室では特に終礼の時間は設けられていないが、レッスン中にアクシデントなどがあった場合は退勤前に共有することとなっている。

「すみません。実は、私も元気くんのレッスンで――」

　大瀬良先生が報告を終えた後、私は続けて元気くんのことを共有した。

　先生達は私に、元気くんのお母さんと同じようなことを言った。レッスン前に色々あって気が立っていたのだろうと。元気くんが荒れたのは彼自身のせいでもなければ、私のせいでもないと。皆揃って私に気を遣っているようだった。

そんな中、渚先生だけが一言も発言せず、真顔で私をじっと見ていた。

その日は朝から小雨が降り続いていたが、教室を出る頃には横殴りの大雨に変わっていた。日はまだ完全に暮れてはいないようだが、空は厚い雲に覆われ、わずかな西日も差し込んでこない。

ツムジの入ったキャリーケースを揺らさないよう、いつもより力を込めて持ち手を握る。そしてもう片方の手で、鞄から晴雨兼用の折り畳み傘を出した。ワンプッシュで黒い傘を広げ、キャリーケースが濡れないように傾けて歩き始める。

「夏帆先生、お疲れ様です」

しばらくすると後ろから呼びかけられ、振り向くと渚先生がいた。私より後に教室を出たはずだが、追いつかれたようだ。彼女はいつも歩くのが早い。

「色々あったけど、今日はお互いゆっくり休みましょうね」

「はい」

一人暮らし同士、今夜の晩御飯をどうするかなどと話しながら歩いた。

駅に向かって線路沿いを歩いていると、正面から東京方面に向かう電車が走ってきた。降りしきる雨の中、ヘッドライトがぼんやりと光っている。

車体の塗装は、薄暗い中でもはっきりとわかるくらい鮮やかな緑色だった。鉄夫くんが短冊に書いていた東急5000系の「青ガエル」だ。塗装の色がカエルを連想させるため、この愛称で呼ばれているらしい。

大倉山に急行列車は停まらない。雨で煙る視界の中、青ガエルはあっという間に走り去っていった。

線路沿いの坂道を下りきると、大倉山駅に辿り着く。渚先生は電車に乗り、私は西側のエルム通り商店街へと進むため、駅前で別れる流れになる。

しかし、別れ際に私が何気なく発した一言が、渚先生の表情を変えた。

「はぁ、明日はもっと頑張らなきゃな。今日みたいにならないように」

渚先生が首だけで私の方を見る。傘の縁から覗く目は、何かを訴えかけようとしているみたいだった。

一段階大きくなった渚先生の声が、雨音をかき消すようにして言った。

「夏帆先生が上手くいかないのは、頑張りすぎているからですよ」

「え?」

虚を衝かれるとともに、いつだったか渚先生から言われたことを思い出した。

私が去年よりも子ども達との関係構築に苦戦していることについて。

――なまじ知識や経験がついてきたからかもしれないですね。

渚先生は意味深げにそう言っていた。そして、今日の元気くんとのレッスンについて報告したときも、皆が私を労う中、一人黙ってじっと私に視線を送っていた。

「夏帆先生は、一年強の指導員生活の中でたくさんの知識と経験を得ました。それだけじゃない。教室に通う子ども達の特性への理解も深まっています。だから、子ども達に対して配慮をしすぎている」

「配慮をしすぎ……？」

そんな風に考えたことはなかった。けれど、ここ数回の元気くんのレッスンを振り返っただけでも、いくつも思い当たる節があった。

元気くんが手先を器用に使えないと知っていたから、工作をするときに切りやすい卓上のセロテープを用意した。折り紙で鶴の作り方を教えるときも、できるだけ簡単に折れるよう平面の鶴を選んだ。

「心当たりがあるんですね」

「は、はい」

「夏帆先生はきっと、あの子達のことを可哀想だと思ってるんですよ。それがあの子達にも伝わってるんだわ」

そう言った渚先生の声は、泣いているようにも聞こえた。

「可哀想……?」

大倉山教室に通う子ども達の、一人一人全く違った個性を持つ子ども達の顔を頭に思い浮かべる。

生来の特性によって、他の子が簡単にできることができない。不器用だったり、感情的だったりもする。それは子ども達が生まれ持った運命だ。私はそのことを、可哀想だと思っている?

「子ども達は、大人から可哀想なんて思われたくないんです。自分の力を信じてほしいと思ってるんですよ」

頭の中に浮かんでいた子ども達の顔が薄れ、レッスン中に怒った元気くんの顔だけが鮮明に蘇る。学校と同じ小さいテープ台を使いたい、立体の折り鶴を作りたいと訴えていた元気くん。彼は頑張りたかったのだ。彼は私に、できると信じてほしかったのだ。

「その点、大瀬良先生は凄いですよ。今日は結果的に真実ちゃんを怒らせたけど、あの子達に真正面から向き合って……私、尊敬します」

大瀬良先生は、思ったことをすぐ口に出してしまう真実ちゃんに対して「相手を傷つけないためには、本当のことを言わない方がいいときもある」と語った。まるで大人に対して言っているようですらあった。

大瀬良先生は信じていたのだ。自分の声がきっと真実ちゃんの心に届くと。彼は真実ちゃんの力を信じていた。

何も言えずにいる私に、渚先生は「ツムジ、濡れちゃいますよ」と声をかけた。傘の下からキャリーケースがはみ出してしまっていた。

「お疲れ様です」

渚先生は駅の屋根の下に入り、小さく一礼して傘を畳んだ。そして振り向くことなく、改札の方へと歩いていった。

帰宅してすぐ、ツムジをキャリーケースから出した。幸い、ケース表面の布やメッシュはところどころ濡れているものの、ツムジのいる内側までは浸水していないようだった。

いつものようにパウチマグロをレンジで温め、薬を混ぜてスプーンでツムジの口に運ぶ。帰宅が少し遅れてお腹が空いたのか、ツムジはいつも以上に勢いよくご飯を食べた。私はスプーンを持つ手にツムジの振動を感じながら、ここのところ自分が陥っていた不調について思い返していた。

子どもに対して過度に配慮する私の姿勢は、当の子どもだけでなく、保護者にも伝わっていたのだろう。五月の体験レッスンで、長時間椅子に座るのが難しい子どもに対し、私は一時的に床で取り組みを行った。子どもは楽しんでいたが、レッスンを終えて対面した保護者は浮かない表情をしていた。

あのお母さんは、たぶんこう思ったのだろう。先生は息子のことを信じていない。椅子に座って集中するなんて無理だと諦めているのだと。

——夏帆先生はきっと、あの子達のことを可哀想だと思ってるんですよ。

雨の中で聞いた、渚先生の涙交じりの声が忘れられない。

私はずっと、命の可能性を信じたいと思っていた。ツムジの病が発覚したときも、児童指導員の職に就いたときも。

けれど、私は信じてなんていなかったのだ。子ども達のことを。あの子達の運命は決して変わらないと、心のどこかで決めつけていた。

「ツムジ、私はどうすればいい？」

黙々とご飯を食べるツムジに向かって、私はすがるように言った。

「ツムジ、生きてよ」

ツムジが病を克服したら、私はきっと信じられるようになる。運命は変えることができると。

食事を終えたツムジの頭を撫でながら、ツムジのこれまでの頑張りを思い返す。ご飯を食べられなくても、嘔吐しても、ツムジは耐えた。どんなに苦痛でも、動けなくなっても、懸命に生きようとした。

頭の中に子ども達の歌声が響く。六月に入ってから毎日のようにレッスンで歌っている『手のひらを太陽に』だ。

僕らは皆、生きている　生きているから　笑うんだ
僕らは皆、生きている　生きているから　嬉しいんだ
ツムジに生き延びてほしい。病に打ち克って、あの子達とまた元気に走り回ることができたら、私は他に何も願わない。

翌週、ツムジの容体が急変した。
そして、元気くんが来所日の放課後に失踪した。

第六章　梅雨晴れとオリーブ坂

それは雨が降りしきる真夜中のことだった。痙攣《けいれん》を起こしたツムジを抱きかかえ、私はタクシーに飛び乗った。

六月も下旬に差し掛かった頃、異変が始まったのは週末のある日のことだった。ツムジは置き餌のドライフードも、大好きなパウチマグロや手作りご飯も一切食べようとしなくなったのだ。やむを得ず、お湯でふやかしたマグロを注射筒《シリンジ》に入れて口から注入する「強制給餌」を行った。

強制給餌は、前にも食欲が落ちて弱ったときに一時的に行ったことがあった。ツムジはこれが嫌いなようで、シリンジを持つ私の手を噛んだり引っ掻いたりした。暴れないようツムジの体にタオルを巻きつけ、後ろから両腕で抱えて押さえながら、時間をかけて少しずつ食べさせた。

嫌がっている猫に無理矢理食べさせるのは酷だという意見もあると聞く。しかし、栄養をつけることでツムジが元気を取り戻せるのであれば、この方法を取る以外に選択肢は考えられなかった。

週明けの月曜日になっても、ツムジの食欲は回復しなかった。次の通院までに食欲が戻らなければ主治医に相談しようと思っていた。

しかしその夜、ツムジがバタバタと床を鳴らす音で私は目を覚ました。体を横たえたまま、口でかろうじて呼吸し、止まらなくなった玩具のように前後の足をぴょんぴょんと動かし続けていた。

こんなにも急に容体が変わるとは、覚悟はしていたつもりだが、いざ現実となると胸の中に嵐が吹き荒れた。驚きや不安といった感情の全てを振り払うようにして、とにかくするべきことをしようとした。あらかじめスマホに入れていたアプリでタクシーを呼び、主治医から紹介されていた夜間救急のある動物病院にも連絡を入れた。

タクシーでの移動中、ツムジは私の膝の上でぐったりしていた。痙攣は病院に着く前に収まったが、まだ呼吸が荒い。黄緑色の目は、どこにも焦点が合わないまま大きく見開かれている。

タクシーの運転手は行き先と私の様子で状況を察しているらしく、最初に「急ぎますね」と言ったきり黙っていた。車内にはツムジが息をする音と、深夜ラジオの音が混ざりあっていた。

『毎日雨ばかりで嫌になりますね。そこで、今日は「梅雨が明けたらしたいこと」をテーマにメッセージを募集しています！』

梅雨が明けたら――。

梅雨入りの頃、ツムジは私の作ったご飯をモリモリ食べていた。梅雨が明ける頃には、ツムジはどうなっているだろう。

弱っているツムジの姿を見ているのが辛く、私は窓の方に目を向けた。窓ガラスには雨粒がびっしりと付き、外の景色はよく見えない。暗がりの中、霞むような街の灯りが横へと流れていく。

病院に着くとすぐに処置室で注射を打たれ、症状は落ち着いた。点滴しながら一日様子を見ることになり、ツムジを病院に預けて帰宅したのは夜明けとほとんど同時だった。

「夏帆先生、おはようございます。あれ、ツムジは？」

「それが……」

出勤した私がツムジを連れていないことに気づき、先生達が声をかけてくる。

ツムジが夜に痙攣を起こしたこと、点滴のため動物病院に預けていることを伝えると、皆はツムジだけでなく私のことまで心配し始めた。

「じゃあ、夏帆先生ほとんど寝てないんじゃないですか。今日はもう帰って休んだ方が」

「大丈夫です。ツムジが痙攣を起こすまでは眠っていたので」

とっさにそう言ったものの、睡眠不足と疲労で、ずっと頭に鈍い痛みを感じていた。それを察したのか、渚先生が私の顔を覗きこみながら言う。

「それか午前中に仮眠を取ってもいいですよ。午後のレッスンのプリント準備とかは私達でやっておきますので」

申し訳なさと感謝の気持ちが、胸の中でせめぎ合う。涙が滲みそうになるのをこらえながら、私は渚先生に一礼した。

「ありがとうございます。じゃあ、カメの部屋をお借りしていいですか」

カメの部屋には誰もいないのに、一歩足を踏み入れた瞬間にツムジの匂いを感じた。段ボールハウスやベッド、食事用のボウルやトイレなどが、昨日までと同じように置かれている。

部屋から見える大倉山の空は、昨晩の大雨が嘘のような晴天だった。ツムジがよく日向ぼっこをしていた窓際で、私は自分の鞄を枕にして横たわる。

窓の方を向き、差し込んでくる光に目を細めながら、昨日までツムジが見ていた景色を見ようとした。しかし、遠くの空に虹が見えたとたん、それが近い将来ツムジの渡っていく橋のように思えてきて、悲しみのうちに目を閉じた。瞼の裏から涙が溢れ、それが止まる前に私の意識はどんどん薄れていった。

子ども達の声が聞こえた気がして、私は目を覚ました。

レッスンが始まってしまうと思って焦ったが、実際にはまだ昼休憩に入る前の時間だった。日差しを浴びた頭はぼうっと熱を帯びていたものの、次第に意識がはっきりしてきた。これなら午後の仕事は問題なくできそうだ。

「あ、夏帆先生。大丈夫ですか？」

「はい。ご迷惑おかけしました。少し眠ったら楽になりました」

「よかったです。これ、優声くんのプリントです」

今日の午後、私は優声くんのレッスンを担当することになっている。渚先生は私が休んでいる間に国語と算数のプリントを作ってくれていた。

「ありがとうございます。本当に助かります」

「いえ、こういうのはお互い様だし」

渚先生は一瞬ためらった後、もう一歩私に近づき、他の先生達に聞こえないような小声で「この間言いすぎたお詫びです」と付け足した。

私は無言で首を横に振る。

放デイに通っている子ども達は、大人から可哀想だなどと思われたくない。自分達の力を信じてほしいのだ。渚先生がそれを伝えてくれたおかげで、私はここ最近のスランプの原因に気づくことができた。

しかし、心機一転しようとしていた矢先に、一大事件が起きてしまった。

「えぇっ⁉　は、はい、まだうちには来ていないようですが……」

誰かからの電話を受けた大瀬良先生が、今までにないくらい動揺した声を出した。午後三時のレッスンが始まる十分前のことだった。

「はい。私達の方でも教室で待機するとともに、近辺を探します」

各々の席でレッスンの最終確認をしていた指導員達も、手を止めて大瀬良先生の声に耳を傾けた。

受話器を置いた大瀬良先生が、私達に電話の内容を告げる。

「元気くんのお母さんからだ。学校は出たはずなのにまだ家に帰ってこないから、一人で教室に行ったのかと——」

一瞬にして、事務所内に戦慄《せんりつ》が走った。

元気くんは毎週火曜日の三時に通所している。いつも学校が終わった後、一度帰宅してお母さんと一緒に教室に来ていた。今日も三時からレッスンを予定しているが、まだ家に帰っていない。一人で教室に来ているわけでもない。

「これって失踪……？」

そのとき玄関のインターホンが鳴った。もしや元気くんかと一縷《いちる》の望みを託したが、やって来たのは優声くんの方だった。その後も同じ時間帯の子どもが教室を訪れてくるが、元気くんはいつになっても現れない。

「優声くん、今日は夏帆先生とイルカの部屋だよ」

「……………」

平静を装って優声くんに挨拶するが、優声くんは短い返事もうなずきもせず、大きな目をしきりに動かしていた。元気くんを探しているのだ。

「先生達、ちょっと」

大瀬良先生の呼びかけで、私達は事務所に再集合する。子どもと保護者は、少しの間サロンで待機してもらうこととなった。

「元気くんですが、一人で教室の近くまで来ている可能性もあります。僕が探しに出るので、元気くんのレッスン担当の渚先生は事務所で待機してください。それ以外の先生は、担当の子どもと予定通りレッスンを」

「はい」

大瀬良先生がほんのわずかな時間で指示を出し、私は事務所を後にする。

しかし、扉を開けたとたん、目の前に小さな人影が見えて私は足を止めた。サロンを抜け出してきたのか、優声くんが事務所の扉の前で立っていたのだ。その隣には彼のお母さんの姿もあった。

「すみません。この子ったら先生達の様子が気になったみたいで、待てってって言っても聞かなくて」

「いいえ、こちらこそご心配をおかけして申し訳ございません」

私は優声くんにも「待っててくれてありがとう」と言い、イルカの部屋に入るよう促した。しかし、どういうことか優声くんはぴたりと足を止めたまま動こうとしない。

「優声くん、どうしたの？」

「………」

優声くんは無言で、私の顔をじっと見上げている。しかし、今はいつもと違い、何か大切なことを訴えるような目をしていた。

彼は教室に来たときから、元気くんを探しているようだった。もしかすると、さっき事務所の前で私達の会話を聞いて――。

「元気くんを探したいの？」

私がそう尋ねると、優声くんは、ふうっと鼻を膨らませるようにして息を吸いこんだ。そして。

「うんっ」

いつものか細い声と違い、はっきりと意思を感じ取れる声で優声くんは答えた。

優声くんは、猫じゃらしを使って水をかけ合ったのがきっかけで、元気くんと仲良くなったのだ。教室で出会う度、言葉はなくても廊下で一緒に遊ぶのが習慣になっていた。

そんな元気くんが行方不明になったと聞いて、優声くんの気持ちはレッスンどころではないのだろう。

「夏帆先生、どうしたんだ？」

「あ、大瀬良先生。それが……」

　事務所から出てきた大瀬良先生に、優声くんのことを説明する。大瀬良先生は私の話を聞き終えると、膝をうんと曲げて優声くんと目線の高さを合わせた。

「優声くん、先生達が探すのを待ってるだけでは嫌なのかい」

「うん」

「外は暑いよ。頑張れる？」

　優声くんは別人のように大きな声で「うんっ！」と返事をした。

　大瀬良先生は観念したように微笑み、うなずいた。そして立ち上がると、今度は優声くんのお母さんに、彼を教室の外に出させてほしいと頼み込んだ。

「必ず職員が付き添い、十分な安全を確保しますので」

　優声くんのお母さんは渋ることなく同意した。

「もちろんです。先生方のことは信頼していますし、この子が友達のことでこれほど真剣になれるのは私も嬉しいので」

　優声くんのことは私達に一任し、お母さんはサロンで待機することとなった。

　大瀬良先生は私にも同行を求め、優声くんも含めて三人で教室を出た。

大倉山駅の西側は鶴見《つるみ》川という川が辺り一帯を縦断している。元気くんの通う小学校はその川の近くにある。小学校からうちの教室までは、大人の足でも二十分以上かかる距離だ。

元気くんのお母さんによると、彼は既に小学校を出ている。私と優声くん、それに大瀬良先生は、教室から元気くんの通う小学校の方向に向かって歩きつつ、彼のいそうな場所を探した。

「子どもが寄りそうな場所と言えば、最寄りのスーパーか……」

「エルム通り商店街はどうでしょうか。コンビニとか、ファストフード店とかもたくさんあります」

放デイに通う子ども達の中には、お金の概念がわからない子や、わかっても貨幣を使って買い物をするのが困難な子も少なくない。しかし、元気くんはそういったことは問題なくできる。お小遣いを持ってどこかに寄り道している可能性も考えられなくはない。

「優声くん。元気くんの行きそうな場所、わからないかな」

優声くんに尋ねてみるが、彼は無言で首を横に振る。

いくつかの店を覗いてみたものの、元気くんの姿は見当たらなかった。降り注ぐ日差しで頭がじりじりと熱されていく。日傘を持ってくるべきだったか。優声くんは大丈夫だろうか。

目を細めて空を仰いだとき、商店街の街灯が視界に入った。街並みをギリシャ風に統一したこの商店街は、街灯も先端にランプを載せたような西洋風のデザインになっている。道の両側の建物に目を向けると、石灰のような白色の壁や、太い円柱形の柱がそこかしこに見られる。

この場所を歩くといつも、異国にいるかのような気持ちになる。そして、そんな中で私は元気くんの短冊に書かれていた願いを思い出すのだった。

〈しんでんに行きたい　元気〉

さらに元気くんは、一度その神殿に行ったことがあるとも言っていた。今こうして古代ギリシャの風情漂う街並みを歩いていると、元気くんが来たがっていたのはこの場所なのではないかと思えてくる。

ただ、この商店街は元気くんの小学校からそう遠くなく、駅からもすぐのわかりやすい場所に位置している。わざわざ短冊に願いを書かなくても、来ようと思えばいつでも来られそうな場所だ。

「夏帆先生、どうかした？」

私は大瀬良先生に、元気くんが「神殿」に行きたがっていたことを伝えた。大瀬良先生は思い当たることがあったのか、自分のスマホでどこかに電話をかけ始める。

「渚先生。元気くんは教室に来ていない？　……そうか。じゃあ、ちょっと保護者に確認したいことがあるから、連絡先を教えてくれないか」

私はとっさに、ズボンのポケットからボールペンとメモ帳を取り出して、大瀬良先生に手渡した。大瀬良先生は感謝を示すような笑顔を向けてくる。

渚先生が教室の資料で確認した電話番号を、大瀬良先生はメモ帳に書きとった。そして渚先生との電話を終えるとすぐ、メモを見ながら今度は元気くんのお母さんに電話をかける。

「パルマ大倉山教室の大瀬良です。突然すみません。教室から出ているので携帯からかけさせていただきました」

大瀬良先生は、元気くんが自宅に戻っていないことをお母さんから聞くと、次いでこう質問した。

「最近、元気くんは大倉山記念館に行きませんでしたか」

私も名前を聞いたことのある場所だった。確か大倉山公園の敷地内にある、コンサートや美術展に使用されている文化施設だ。

そこが元気くんの言っていた「神殿」なのか。

そのとき、電話で話している大瀬良先生の声が少し明るくなった。

「やはりそうでしたか！　実は元気くんが、また神殿に行きたいと言っていたそうで……我々でも手分けして近辺を探してみますね」

どうやら当たりのようだ。

電話を切った大瀬良先生は、大倉山記念館が、古代ギリシャの神殿に似た建築様式で建てられていることを私と優声くんに教えてくれた。

「このエルム通り商店街も、大倉山記念館に倣ってデザインをギリシャ風にしたんだよ」

「そうだったんですね」

さっき大瀬良先生がお母さんに確認したところ、元気くんはやはり、四月に学校行事で大倉山記念館を訪れていた。当日、帰宅した元気くんは興奮した様子で「神殿みたいでカッコよかった」とお母さんに語ったそうだ。

「元気くんの小学校の方に戻って、そこから記念館までの道を探してみよう」

「はい」

大瀬良先生が言うには、子どもの足でも行ける距離ではあるものの、分かれ道もあって迷子になっているかもしれないとのことだった。

私達三人は、来た道を戻りながら東に進み、途中で大倉山公園の方向に道を曲がった。車一台がかろうじて通れるくらいの幅しかない上り坂が続く。進めば進むほど坂は急になり、視界に占める緑の割合が増していった。住宅の庭木、堤防を覆う雑草、そして大倉山公園の竹林が見えてくる。

坂道を上りきると、ようやく公園のふもとに辿り着いた。今度は長い木の階段を上り、記念館を目指す。両側の竹林が日陰を作っているため、商店街を歩いているときに比べれば幾分か涼しく感じられる。それでも、休むことなく進むうちに優声くんの額は汗でぐっしょりと濡れていった。

坂の途中に「オリーブ坂」と書かれた看板が立っていた。大倉山にはギリシャ風のデザインが多く見られるが、オリーブもギリシャをはじめとする地中海沿岸で栽培が盛んな作物だ。坂の名前も、おそらくそういったところに由来するのだろう。

階段を上りきると道が分かれていて、三人とも一度足を止める。

「ここからもう少し坂道を上れば、記念館に着くんだが――」

大瀬良先生はそう言いながら、ちらと優声くんに目を向けた。そして、今度は私の方を見てこう提案した。

「元気くんは迷って他の場所にいるかもしれない。二手に分かれて探そう。僕は坂を上って記念館の周辺を、夏帆先生と優声くんは坂の下を」

「はい」

大瀬良先生の意図はわかった。優声くんにこれ以上、坂を上らせるのは厳しいと判断したに違いない。進行方向は右に上り坂、左に下り坂が続く立体Y字路だ。大瀬良先生は右へ、私と優声くんは左へと二手に分かれた。

「優声くん、大丈夫？」

「うん」

優声くんは息を荒くしながらも、私より速足で坂を下ろうとする。そして、大きな目を絶えず動かして、元気くんの姿を探している。

スマホで周辺の地図を確認したところ、すぐ近くに公園があるようだ。自販機や水飲み場があれば、水分補給できるのだが。

なおも歩き続けようとする優声くんに、私は隣を歩きながら声をかける。

「優声くん。そんなに速く歩いたら、あなたが疲れちゃうよ」

「ううん」

「少しだけ休憩しよう。たぶんこの先に公園が――」

優声くんは私の言葉を遮って、ほとんど叫ぶように言い切った。

「大丈夫！」

私は自分の耳を疑った。しかし、それは間違いなく優声くんの声だった。

優声くんは私の前に出て歩き続ける。Ｔシャツの背中も汗でぐっしょり濡れているのに、速度は決して緩まない。

今の優声くんにとって、自分の疲れなんてどうでもいいのだ。友達に会いたいという気持ちだけが、彼を突き動かしている。

道沿いの丘の斜面には木が茂り、暗い影を落としている。少し先に緩やかな左カーブが見えた。優声くんがスピードを保ったままカーブに差し掛かり、私もすぐ後を追う。

カーブを曲がろうとしたとき、真正面から熱風が吹いてきた。

思わず目を閉じると、ざわっと木の葉の擦れる音が頭上から降ってくる。

そして、次の瞬間。

「元気くん、どこだ！」

再び優声くんの叫びが聞こえ、目を開ける。

カーブを曲がりきると、開けた視界に光が差し込んだ。

「元気くん、どこにいるんだよ！」

初めて声に出して友達を呼ぶ優声くんの姿が、そこにはあった。

優声くんの抱える場面緘黙症は、原因もはっきりせず、何かの拍子で劇的に治ることは稀だと言われている。今の彼の叫びは、この瞬間に起きた奇跡ではなく、優声くんと元気くんが育んできた絆が生んだ結果なのだと思った。

私はもう何も言わず、彼のTシャツの背中を見つめて歩いた。

「出てこいよ！　また一緒に遊びたい。お前の好きな遊びでいいから。相撲でもプロレスでも、何でも——」

優声くんはどんどん涙声になり、咳き込み始めてしまう。

そのとき、坂の下に公園が見えてきた。ぱっと見たところ、広さは小学校のグラウンドの半分くらい。ブランコやジャングルジム、鉄棒などの遊具があり、小学生や、もっと小さな子どもの姿も見られた。

「元気くん！」

優声くんは、もう一度元気くんの名前を呼びながら、公園に駆け込んでいく。

私もすぐ後に続いた。

公園に入ると、奥の砂場の方で何やら騒ぎが起きている気配があった。砂場にいる小さな子ども達と、その保護者と思われる大人数人が、同じ方向に目を向けている。

私が彼らの視線を追うより早く、隣で優声くんが声を上げた。

「元気くんだ！」

「えっ？」

優声くんが走り出す。その先には、目を覆いたくなる光景があった。

「てめぇ、いい加減に放せってんだ！」

「やだー！」

そこにはベンチに座る中年男性と揉み合っている元気くんの姿があった。よく見ると、元気くんは男性が持つスマホを奪おうとしているようだった。男性の腕に爪を立ててしがみついている。

小学生の中では腕力がある元気くんだが、大人相手では簡単に振り払われる。男性の方はというと、腕を振った拍子に握っていたスマホを放してしまった。宙に放り出されたスマホが、砂場を囲う枠の部分にぶつかって、そのまま砂の上に転がり落ちる。

元気くんはスマホを求めて走っていく。しかし、その前に砂場の近くにいた女性がそれを拾い上げ、ベンチから歩いてきた男性に返した。

「邪魔するなよ！」

元気くんは完全に逆上し、今度はスマホを拾った女性につかみかかる。駆けつけた私はどうにか元気くんの身体を押さえ、女性から引き離した。

「元気くん、いったい何をしてるの！」

「あれ？　夏帆先生。それに優声まで、こんなところで何してんの？」

うんと顎を上げ、羽交い締めにする私を見上げながら、元気くんは悪びれる様子もなく尋ねる。その無垢な顔を見て、私は初めて目の前の子どもに憎悪の感情を抱いてしまった。

この子は今の状況を何とも思っていないのか。今日ここに至るまで、自分のしてきたことを何とも思っていないのか。

「どうして人のスマホをとろうとしたの？　それに、どうして真っ直ぐ家に帰らなかったの？　お母さんも私達も心配したんだよ」

元気くんに問う私の声は、いつになく感情的になってしまっている。しかし、元気くんはそんな私の気持ちにも全く感づかない様子で、あっけらかんと、男性からスマホを奪おうとした理由を話した。

「神殿に行きたかったんだけど、途中で道がわかんなくなってさ」

「道……？」

それでスマホの地図アプリを使おうと思ったのか。

頭の中に、今年のはじめのレッスンで青色の折り紙が欲しいと泣き叫んだ元気くんの姿が蘇る。彼はあの頃から何も変わっていないのではないか。

元気くんの個別支援計画では、彼に折り合いのつけ方を伝えることを支援の目標としている。そのために私達は、彼にとって何が最善かを常に考えて毎回のレッスンに臨んでいる。

しかし、元気くんは今、スマホが欲しいという自分の気持ちを制御することなく、力ずくで人から奪い取ろうとした。そして、自分の目的を阻止した人にも手を出した。

私達がこれまで元気くんに対して行ってきたことは、全くの無意味だったのだろうか。生まれ持った元気くんの特性は、運命は、決して変えることができないのだろうか——。

「アンタ、こいつの学校の先生かい？」

男性がスマホの砂を払いながら、私に近づいてくる。さっき元気くんが「先生」と呼んだのを聞いて、私を小学校の教師だと思ったようだ。

スマホから顔を上げた男性は、私の左胸に目を留めた。

「放課後等デイサービス、パルマ……？」

私も思わず自分の左胸を見る。急いで教室を出たので、制服から着替えるのを忘れてしまっていたのだ。

男はすぐさま、砂を払ったばかりのスマホを片手で操作し始めた。おそらく放デイやパルマのことを調べているのだろう。

「お、あったあった。へぇー、放課後等デイサービスって、そういうことか。こいつみたいな、ちょっと頭のおかしい子どもが通う施設」

スマホから顔を上げた男性は、軽蔑するような笑みを浮かべて言った。その顔を見て、優声くんは私の後ろに隠れてしまう。元気くんも、先程までの勢いが嘘のように呆然と立ち尽くしていた。

そして私も、この状況でどう振る舞えばいいかわからなくなってしまう。本来なら、男性に元気くんのしたことを謝るべきだ。だけど――。

迷っていると、男性は私に予想外のことを言い出した。

「いいよ、見逃してやるよ。可哀想だから」

「可哀想……？」

「ああ。スマホに傷つけた修繕費を親に請求してやろうかと思ったが、そういう施設に通ってるんだって知ったら、どうでもよくなっちまった」

男性の言葉の一つ一つが、鈍い痛みを伴いながら私の頭に残り続けた。ちょっと頭のおかしい子ども。可哀想。そういう施設――。

私達にとっては、毎週顔を合わせる、身内のような子ども達だ。しかし教室の外の、世間の人々にはこんな風に思われているのか。

それは仕方のないことなのかもしれない。しかし、もどかしさに耐え切れなくなった私は、彼に決して言ってはいけないことを言ってしまった。

「ど、どうしてそんな言い方をするんですか」

男性の顔から一瞬で笑みが消え、刺すような視線が私に向けられる。当たり前だ。彼は被害者で、私は元気くんのしたことを謝る立場にあるのだから。

それでも私は、元気くんをかばわずにはいられない。

「アンタ、たった今、こいつのしたことをちゃんと見てたのか？」

「はい。確かに元気くんは、いけないことをしました。でも、だからってそんな言い方はないんじゃないかと思います」

男性は「ハッ！」と一笑した後、私の隣でじっとしている元気くんを見下ろしながら、こう言った。

「事実を言ったまでさ。こいつは今自分がしたことについてさえ、善悪の判断がつかずにいる。大人になっても、ただの大きな子ども——社会のゴミになるだけさ。それが可哀想だっつってんだよ」

男性の語気はどんどん強くなり、砂場にいる小さな子ども達も怯え始めた。母親達が「そろそろ帰ろうか」と子どもの手を引く。それから、ほんの一瞬だけ冷たい視線をこちらに向ける。

——夏帆先生はきっと、あの子達のことを可哀想だと思ってるんですよ。

渚先生の言葉をまた思い出す。今、目の前にいる男性も、元気くんのことを可哀想だと言った。大人になっても社会のゴミになるだけだと。

そんなことが、あってたまるかと思った。目の前の男性と、それから自分自身の中にあるかもしれない無意識の哀れみに向かって私は叫んだ。

「可哀想じゃない！」

男性がぎょっとしたように目を見開く。立ち去ろうとしていた母親達も、足を止めて振り向いた。

私は男性と向き合ったまま、彼の顔を睨むように凝視した。そんな私の態度に驚いた男性だが、平静を取り戻すとすぐ、先程よりもさらに激しく、口角泡を飛ばすようにまくし立てた。

「アンタもいい大人なんだから、現実を受け入れろよ。そういう仕事してると綺麗事を言いたくなる気持ちもわかるけどさ、その態度が迷惑を助長させるの、わかる？」

男性の言葉が強くなればなるほど、私の心がそれに抗おうとする。

「可哀想なんかじゃないっ……！」

「可哀想だよ」

「可哀想じゃないったら……可哀想じゃない！」

私はただ何度も同じ言葉を繰り返した。男性の語る現実、そして、放デイの子ども達が背負う運命に決して負けないように。

しかしそのとき、男に向かう私の傍らで小さな声がした。

「ごめんなさい」

私も、そして男性も、言い合いをやめて声のした方を向いた。私達と目を合わせず、うつむく元気くんの姿があった。元気くんは一言だけ謝った後、また黙り込んでしまう。

その姿を見て、私は思った。彼は決して、善悪の判断がつかないわけではない。ただ、自分の欲求が強まると、その衝動に呑まれて一時的に善悪を考えられなくなるのだ。私と男性が言い合うのを見ているうちに、元気くんは我に返ったのだろう。

「元気くん……」

私は元気くんにかける言葉を失う。優声くんも、私の後ろから少しだけ顔を出しつつ、何も言わず心配そうに様子をうかがうだけだ。

そのとき突然、遊具の方から聞き慣れた声が私を呼んだ。

「夏帆先生！」

私と同じ制服のTシャツを着た大瀬良先生が、大きく手を振りながら駆け寄ってくる。

「よかった、元気くんを見つけたんだね」

安心しきった笑顔を見せていた大瀬良先生だが、すぐに私と向き合う男性からの視線と、辺りを覆う不穏な空気を感じ取った。

「どうかなさいましたか」

大瀬良先生は男性に尋ねる。

男性は大瀬良先生の制服のロゴマークを確認した後、一瞬だけ私に目を向けた。何かを企むような笑みを口元に浮かべ、大瀬良先生に向かって明るい声でこう言った。

「いやぁ、驚きましたよ。ベンチで休んでいたら、このお子さんにいきなり襲われて。こちらのお姉さんに伝えたら、僕の方が悪いだなんて言われるし」

「え？　大瀬良先生、違――」

私が弁明するよりも、大瀬良先生が男性に頭を下げる方が早かった。

「大変申し訳ございません！」

大瀬良先生は、つむじが相手に見えそうなくらい深く上体を曲げ、そのまま男性が「もういいよ」と許すまで顔を上げなかった。

「こっちもさ、その子の事情はわかってるから。ただ、職員の方は」

「はい。しっかりと私の方で指導をしますので」

男性は再び私に一瞥を投げると、そそくさと公園を後にした。砂場の親子も、いつの間にか姿を消している。私と大瀬良先生、それに元気くんと優声くんだけがその場に残された。

大瀬良先生は、男性が去った方向に視線を向けたまま私に言った。

「いけないよ、夏帆先生。何か嫌なことを言われたんだろうと、察しはつくよ。だけど、元気くんが先に手を出した以上、こちらが全面的に悪いという意識を持たないと。それが子ども達を守ることにも繋がる」

「はい……」

話している最中、突風が公園の中を吹き抜けた。大瀬良先生は腰をかがめ、大きな手で元気くんと優声くんの目を覆い、砂埃からかばおうとする。

風が収まると、大瀬良先生は子ども達の顔から手を離し、笑いかけた。

「今から教室に戻っても、レッスンは無理だね」

腕時計で時間を確認すると、レッスン開始の三時から既に四十分以上の時間が過ぎていた。この子達のレッスンに間に合わないどころか、あと三十分もすれば次のコマの子ども達が来所する時間になる。

大瀬良先生が突然立ち上がった。そして、うつむいている元気くんと優声くんに向かってこんなことを言い出した。

「どうだい、今日はここでレッスンしてみるっていうのは」

子ども達、それに私も、思わず辺りを見回す。机も椅子も、教材もない。こんなところでレッスンができるのか。

大瀬良先生はわずかに顎を上げ、空を仰いだ。抜けるような青空だ。

そして、両手を大きく広げながら息を吸い込むと——。

「ぼーくらは皆ー、生ーきているー！」

人っ気のなくなった砂場に、大瀬良先生の歌声が高らかに響き渡った。

元気くんと優声くんが、ぱっと笑顔になる。

「生きーているから、歌うんだー！」

大瀬良先生の歌声に、元気くんが加わる。そして驚くべきことに、いつも教室では歌おうとしない優声くんも、小声で一緒に歌っていた。

「ぼーくらは皆ー、生ーきているー！」

「生きーているから、悲しいんだー！」

大瀬良先生は指揮者のように両手を動かし、二人の子どもをリードする。

さらにそのとき、どこからか小さな足音が聞こえてきた。遊具の方で遊んでいた子ども達が、歌を聞きつけて集まってきたのだ。あっという間に十人ほどの子ども達が砂場に集結し、大瀬良先生の指揮に合わせて歌い始める。

気がつけば、私も一緒に歌っていた。

「手のひらを太陽にー、透かしてみーれーばー」

「真っ赤に流ーれるー、僕の血潮ー」

大瀬良先生が指揮の手を止め、歌詞に合わせて両手を高く上げる。子ども達もそれに倣い、頭上の太陽に手をかざした。

歌声は、まるで彼ら彼女らが見上げる空に駆け上っていくかのようだった。ひたむきに、軽やかに。

土、緑、空。この場所の全てが一つの療育室になっていた。

「夏帆先生」

歌が終わり、そのまま砂場ではしゃぎ回る子ども達をそっと見守りながら、大瀬良先生は私に声をかけてきた。

「今の彼らの姿を見ても、まだ君は運命を変えられないと思う?」

「えっ……」

私は先日、大瀬良先生と一緒にプレイルームで子ども達の書いた短冊を見たことを思い出した。

子ども達の運命を変えることなんてできないんじゃないか——私がそう弱音を吐くと、大瀬良先生は「運命か」と呟いたきり何も言わなかった。そうだ、私はまだ大瀬良先生の考えを聞けていない。

大瀬良先生は、ほんの一瞬私に優しい視線を向けた後、すぐにまた子ども達の方に向き直ってこう言った。

「君と同じ迷いを、かつて僕も抱いたことがある。だけど今、僕はこういう持論に辿り着いたんだ。——運命は、部分的になら、変えることができる」

「部分的に……？」

大瀬良先生が口にした言葉の意味は、今の私には見当もつかなかった。けれど、彼もかつて私と同じ迷いを抱えていたことを知り、私はまるで未来の自分からの言葉を聞くようにして、大瀬良先生の話に耳を傾けるのだった。

「あの子達に限らず、一人一人の人間が持って生まれたものは変えることができない。けれど、それを持ってどう生きるかについては、変えることができるんだよ。自身の努力と、周りからのサポートによって」

大瀬良先生はまるで自明のことのように言ったが、私は今までそんなことを考えたことすらなかった。生まれ持ったもの自体は変えられなくても、どう生きるかは変えていける――？

「あの子達が生まれ持った特性は、あの子達の運命だ。僕達にしてあげられることにも限界があるだろう。だけど、例えば元気くんと優声くんがあんなに仲良くなれたのは何故だ？　先生達が、ツムジを子ども達に会わせるという決断をしたからだ。彼らが今ここで笑い合えているのは何故だ？　夏帆先生が優声くんを連れて、元気くんを探してくれたからだ。皆の頑張りがなかったら、きっと今のような光景はなかっただろう……わかるかい？　運命には、決断と行動によって変えられる部分もあるんだよ」

砂場で子ども達が作っていた大きな砂の山が、何かの拍子で一気に崩れた。

一人の子が笑い出し、他の子達もつられるようにして次々に笑い声を上げる。その中にひときわ楽しそうな声があった。どこかで聞いたような、勢いよく鼻を鳴らすような笑い声だった。

「ふっふっふっふっふ！」

皆が落ち着いた後も、まだ一人で笑い続けている。それは優声くんの声だった。場面緘黙を抱える彼が、こんなに多くの人の前で笑っている。

大瀬良先生の言葉が、私の頭の中に残り続けた。

運命には変えられる部分もある。人間の決断と行動によって――。

「そうですね」

青空を仰いだ瞬間、無性にツムジに会いたくなった。

ツムジの命は、本当にもう残りわずかかもしれない。それはツムジの運命なのだろう。けれど、その運命にも変えられる部分がきっとある。残された日々の中で、私がツムジのためにできることが、まだ何かあるはずだ。

私は腹を括ることにした。

だから、少しも取り乱さなかった。この日の仕事が終わった後、スマホにツムジのいる病院から着信が入っていることに気づいたときも。

第七章　暗い部屋と雨上がりの空

「あと数日かと思われます」

告げられる前から、何となくそんな予感がしていた。

仕事が終わってすぐ、ツムジの入院している病院に駆け込んだ。スマホには病院からの着信通知と「伝えたいことがあるので来てほしい」という旨の留守電のメッセージが残されていた。

ツムジは狭いケージの中で丸くなっていた。医師によると腫瘍の転移が発覚したらしい。入院して点滴などの延命措置を施すことはできるが、回復する可能性は極めて低いとのことだった。

悲しみに暮れる間もなく、私は大きな二択を迫られた。なおも諦めず延命治療に踏み切るか。それとも、これ以上ツムジに負担をかけず、静かな最期を過ごさせることを優先するか。

「主治医の方からも言われているかもしれませんが、ここからの選択に正解はありません。飼い主さんがツムジくんのために考えて出した決断であれば、それがツムジくんにとって最善の選択といってもいい」

医師は私の精神的な負担にまで配慮してくれているようだった。

リンパ腫を患ったのはツムジの運命だ。残りわずかの命であることも。けれど、ここからツムジがどう生きるかは、私の決断によって変わるのだ。大瀬良先生が言っていたように、運命には変えられる部分がある。飼い主である私は、ツムジの運命の一部分を担っているのだ。

ケージの中のツムジに目を向けると、ツムジも私の方を向いた。網の向こうから私を見つめるツムジの黄緑色の瞳は、「おうちに帰りたい」と訴えているようだった。

「入院させずに、自宅で静かに過ごさせたいと思います」

自分でも驚くほど冷静に、私は医師に決断を伝えていた。

最小限の薬を処方してもらったが、もしツムジが自らご飯を食べたり、薬を飲んだりしなくなったとしても、それ以上無理に摂取させないと私は決めた。ツムジは注射筒での強制給餌を嫌がっていた。残された日々は、ツムジの好きなことだけをして、苦痛を取り除くことを優先させたかった。

私の決断が、ツムジにとって良いものであることを祈った。

ツムジを連れてタクシーに乗り、帰宅したときには日付を越えそうな時間になっていた。疲れは全く感じず、目は冴えていた。昨晩もほとんど寝ていないのに、ただツムジを思う気持ちだけが私の原動力になっていた。

「どうする……?」

考えなければならないのは、仕事のことだ。

ツムジはもう、いつ何が起きてもおかしくない状態だ。教室に連れて行ったところで、私が仕事をしている間にカメの部屋で亡くなっているかもしれない。それに、今のツムジにとってはキャリーケースでの移動でさえ負担になるだろう。残りの日々は自宅で一緒に過ごしたかった。

「何日か有休を取れれば……けど、さすがに明日急には駄目だ」

指導員が当日急に休むと、その日のレッスンを行う人員が足りなくなって多方面に迷惑がかかる。それに連続して有休を取るなら、引継ぎも必要だ。

日付が変わり、水曜日になった。次のシフト休は日曜と月曜だ。それまで今日を入れて四日間――。

私は考えをまとめ、今後のことを職場で相談しようと決めた。それから、自分のご飯もお風呂も、着替えさえもままならぬまま、ベッドに倒れ込んで泥のように眠った。

翌朝、ツムジは何とか自分の口でご飯を食べてくれた。

天気は昨日の快晴から一転、外は雨こそ降っていないものの、わずかな光すら差さない曇天だった。暗雲の下、ツムジをキャリーケースに入れて教室まで歩いた。発症前と比べてすっかり軽くなった体重を腕に感じながら、ツムジを教室に連れて行くのもこれが最後かもしれないと思った。

職場に着くと、朝礼で先生達にツムジのことを報告した。

「そうか。ツムジ、とうとう」

「つい先週まで元気だったのに……」

皆、言葉が上手く出てこないようだった。いつも賑やかな事務所が、空調の微かな音を感じられるくらい静かになる。ツムジがこの教室にとって大きな存在になっていたことを、改めて感じるのだった。

私は先生達に頭を下げて言った。

「急で大変申し訳ないのですが、明日から土曜まで三日間、有休をいただけないでしょうか」

奇跡が起こらない限り、ツムジの命は残り数日だ。ツムジが穏やかに最期の日々を過ごせるよう、傍にいてできることをしたかった。そして私自身、少しでも長い時間を一緒に過ごしたかった。

「残された時間を自宅で一緒に過ごしたいんです。引継ぎは、今日させていただきます。もしツムジが宣告より長生きしても、有休を延長したいとは言いません。ご迷惑をおかけしますが、どうか三日間だけお願いします」

当日の休みでなくても、教室に迷惑をかけることには変わりなかった。私が有休を取れば、指導員が足りないレッスンについては他教室にヘルプを依頼するか、もしくはまた大瀬良先生がレッスンをすることになる。

ツムジの傍にいたい気持ちと、教室への影響。それらを天秤にかけた結果、私は三日間限りの有休を希望することを決めたのだ。

指導員達の視線が、自然と大瀬良先生の方に集まる。そして。

「いいよ」

大瀬良先生は迷うことなく私に言った。最初にツムジを教室に連れてくることを許してくれたときと全く同じように、眉と目を八の字にして微笑みながら。

「ただし、一つだけ条件がある」

「条件？」

大瀬良先生が私に課した条件。それは、私の言葉で、子ども達にツムジが残りわずかな命であることを説明するというものだった。

伝え方を少し間違えただけでも、子ども達は深く傷つくだろう。

あの子達がツムジの運命を受け入れ、そして、共に過ごした時間がツムジにとって素晴らしいものになったことを感じられるように、私は言葉を尽くす必要がある。

「今日やって来る子ども達には直接話して。明日以降の子達には、手紙を書いてほしい。そうすれば、あとは僕達で伝えるから」

「はいっ」

私は先生達に何度もお礼を言った。

そして朝礼が終わるとすぐ、今日のレッスンの準備に取り掛かった。準備物を持って療育室に入ると、窓の外ではしとしとと小雨が降っていた。

子ども達がお気に入りの傘を差し、くるくる回したりしながら、教室にやってくる姿が目に浮かぶ。水たまりを踏んだ長靴を玄関で脱ぎながら、「びしょ濡れー」なんて言って笑うだろう。

あの子達は、もうツムジに会えないことなど知らずにやってくるのだ。


この日、私は四時十五分から、真実ちゃんのレッスンを担当することになっていた。真実ちゃんは週に二日通っていて、金曜五時半の集団レッスンの他、水曜に個別のレッスンも受けているのだ。

六月二週目の集団レッスンのときに、真実ちゃんはツムジと会う番だった。しかし、あの日はトラブルが重なって気持ちが乱れた結果、ツムジと会うことなく真実ちゃんは泣きながら教室を後にした。

次に教室を訪れたとき、真実ちゃんはいつも通りのクールな真実ちゃんに戻っていたが、他の子との順番の兼ね合いでツムジに会うことはできずにいた。そして、本来なら今日、彼女がツムジと会う予定になっていた。

しかし、今日のツムジは子ども達と会えるような状態ではない。それどころか、この先もおそらくもう会うことは叶わないだろう。

真実ちゃんのレッスンの準備をしながら、彼女にツムジのことをどうやって伝えようかと考えた。真実ちゃんは、昔、飼っていた猫をリンパ腫で亡くした経験があると言っていた。そして、教室で他の子達に「ツムジもどうせ死んじゃうよ」と告げたことで喧嘩になってしまった。

――私が飼ってた猫は死んだのに、どうして、ツムジが治るようにお願いしなきゃいけないの？

あの日、真実ちゃんは大瀬良先生に向かって叫ぶようにそう言っていた。

ツムジの命が残りわずかだと知ったら、彼女はきっとまた、自分の猫のことを思い出す。深い悲しみに襲われるかもしれない。そうなったとき、私は彼女に対して何をするべきなんだろう。

「よし、決めた」

私は事務所にある療育道具の入った棚の中から、毛糸の束を数種類取り出した。それからタコ糸と、三指持ちのトレーニングなどで使用するプラスチック製のフォークを二本と、ハサミも二本。

あとはいつものように学習プリントなども用意し、籠に入れて療育室に置く。

レッスン五分前になると、真実ちゃんはお母さんに連れられて教室に来た。少し濡れた長靴を、丁寧に揃えて靴箱に入れる。

「真実ちゃん、こんにちは。今日は夏帆先生とクラゲの部屋だよ」

「うん……ねえ、先生」

何かを言いかけて私と目が合ったとたん、真実ちゃんはばつが悪そうに視線を横に逸らしてしまう。その理由はすぐ明らかになった。

「どうしたの？」

「ええと、私、今日はツムジに会えるんだよね」

なおも私と目を合わせず、視線を泳がせている真実ちゃん。彼女はツムジのことを気にかけてくれているのだ。しかし、先日のレッスンで大瀬良先生に向かって「ツムジなんて死んじゃえ」と言ってしまった手前、ツムジに会いたいとは言い出しづらくなっているのだろう。

ついに、このときがきてしまった。

子ども達にツムジの運命を伝えるときだ。

「先生？」

私が黙っていると真実ちゃんはようやくこちらに視線を向け直し、丸い眼鏡の奥から真っ直ぐに私を見た。瞳は澄みきっていた。

私はもう、この教室の子ども達のことを可哀想とは思わない。真実ちゃんのことも、決して可哀想だと思わない。彼女ならきっと、乗り越えることができると信じているから。

「ツムジのことはお部屋の中でお話しするね」

そのとたん、真実ちゃんの目の光が少し落ち着いたように見えた。真実ちゃんは何も言わず、私に続いてクラゲの部屋の中に入った。

扉を閉めると、まだ廊下にいる他の子ども達の元気な声が聞こえなくなる。

「先生、ツムジのお話って何？」

着席してレッスン開始の挨拶をした後すぐ、真実ちゃんは向き合って座っている私に質問を投げてきた。

冷房の温度はいつもと同じはずなのに、空気がひんやり冷たく感じられた。息を吸い込むだけで身体が震えてしまいそうだ。私は努めて冷静に、真実ちゃんがどんな反応をしても決して動じないという決意を抱きながら、彼女に事実を伝えようとした。

「真実ちゃん。ツムジはもう、この教室の皆には会えないんだ」

真実ちゃんはじっと私を見たまま、続く言葉を待つかのように口を堅く結んでいる。

「一昨日の夜、痙攣を起こして病院に連れていったの。それで昨日、お医者さんから残り数日しか生きられないと言われたわ」

「……………」

やはり何も言わず、ただ私をじっと見つめている真実ちゃん。驚く様子もない。まるで、話を聞く前から全てを見通していたかのような姿だ。

私はこの話を伝えるにあたって、真実ちゃんがどんな反応をしても、彼女の気持ちを受け止めるつもりでいた。しかし、真実ちゃんは私が思ってもいなかったことを言い出した。

「あっそ。じゃあ、もういいや。今日のレッスンは何をするの？」

「えっ」

真実ちゃんは手持ちのミニトートから、大人っぽい革製のペンケースを取り出した。文房具は教室のものを貸し出すことになっているのだが、真実ちゃんはいつも自分の筆記具やメモ帳を持ち込んでいるのだ。

「真実ちゃん。ええと……ツムジの話は、もういいの？」

「うん。だって、どうせ死んじゃうんだから、話しても無駄でしょ。それより早く勉強しようよ」

真実ちゃんの口調は、花音ちゃんに「こんな願い叶わないよ」と言ったときと全く同じだった。大人が子どもに諭すような、正しさを突きつける口調。

このままレッスンを始めた方がいいのだろうか。

しかし、真実ちゃんは今日ここを訪れたとき、私の顔を見るなり「今日はツムジに会えるんだよね」と聞いてきた。きっと本心では、ツムジのことを気にかけているはずなのだ。

迷った末、私はあと一言だけ真実ちゃんに伝えることにした。

「じゃあ、今日は真実ちゃんの得意な算数のプリントからしようか。それと……他の子達の中には、ツムジに手紙を書いたり、折り鶴を折ったりした子もいるんだ。もし真実ちゃんも何かしたいことがあったら教えてね」

しかし、私のこの一言がいけなかった。真実ちゃんは突然、机を両手の拳でドンと叩きながら声を荒らげた。

「だから、どうせ死ぬから無駄だって言ってんじゃん！」

私を睨む真実ちゃんの目が、みるみるうちに涙で潤んでいった。声を詰まらせながらも、真実ちゃんは必死に訴えようとする。

その姿を見て、私は初めて、彼女の本当の気持ちに触れるのだった。

「夏帆先生、大人なのにどうしてそんなこと言うの？」

「大人……？」

「大人はそんなこと言っちゃダメなんだよ！　私の猫が病気になったとき、パパはこう言ったんだもん。死んじゃうのは仕方ないし、泣いてても何も変わらないんだから、それより勉強を頑張りなさいって」

私は思わず、部屋の天井に設置された定点カメラに目を向けてしまった。今の真実ちゃんの様子を、彼女のお母さんはサロンのモニターで見ている。パルマに真実ちゃんを連れてくるのはいつもお母さんだ。仕事などの都合もあるのだろうが、お父さんが来所したことは一度もない。

私の頭の中に、一つの考えが浮かんでしまった。もしかして、真実ちゃんの特性――周りの人達の感情に理解を示さず、正論だけを口にする傾向は、彼女の生まれ持った性質ではないのではないか。そういう父親のもとで育つうちに、後天的に得たものと言えるのでは……？

こんなことは誰にも言えないし、考えていいのかもわからないけれど。

「真実ちゃん」

私は真実ちゃんを放っておけなかった。ここで話をうやむやにしたままレッスンを続けたら、きっと真実ちゃんの心に嫌な記憶が残ってしまう。

出しかけていた算数のプリントを足元の籠に仕舞って、私は言った。

「確かに、私達が何をしても、ツムジが死ぬことは変えられないかもしれない。だけど、知恵を絞れば、ツムジの残りの日々を良いものにできるって、私は思ってるよ」

真実ちゃんは何も言わない。まだ顔は怒っているものの、涙は引いたようだ。

私は籠の中から、用意してあった毛糸の束とタコ糸、それにハサミとプラスチックのフォークを出して、机に置いた。

「ツムジってポンポンで遊ぶのが好きなんだ。ツムジのために、先生と一緒に毛糸でポンポンを作ってほしい。真実ちゃん、工作得意だよね」

「……………」

真実ちゃんは私の出した工作道具に目を向けるが、やはり黙ったまま、長い沈黙が訪れた。

これで拒絶されたら、もうツムジのことは何も言わず、レッスンを進めよう。そう思っていたとき、机上に視線を落としていた真実ちゃんが、私と目を合わせないまま小さな声で「いいよ」と返事した。

「ありがとう、真実ちゃん」

「どうやって作るの？」

「それじゃ、まず好きな毛糸を選んで――」

真実ちゃんは柔らかなクリーム色の毛糸を手に取った。毛糸をフォークの先端にぐるぐると巻いていく。巻き終えたらフォークの溝にタコ糸を通し、巻いた毛糸の束の中央を縛って、束をフォークから取り外す。

最後にハサミで球形になるように刈り込めば出来上がりだ。

しかし、完成間近になったとき、突然ハサミを持つ真実ちゃんの手が止まった。うつむいている顔を覗き込むと、真実ちゃんは再び泣いていた。先程と違い、私に向かって声を荒らげたりはしなかった。しかし、こらえきれない涙が次から次へと、火照《ほて》った頬をつたっている。

「わ、私はっ……」

しゃくり上げながら、真実ちゃんは震える手でハサミを動かす。

「本当はっ、私の猫が病気になったときも悲しかった……。だけど、仕方ないからって忘れようとしたの。凄く頑張って、忘れようとしたんだよっ……！」

悔しそうに歯を食いしばる真実ちゃんの姿を見て、私はようやく気づいた。

真実ちゃんが蔑《ないがし》ろにしていたのは、周りの人の気持ちだけではなかった。彼女は自分自身の感情も押し殺し続けていたのだ。飼い猫が病気になったときから、ずっと。

「真実ちゃん、ありがとう。気持ちを言ってくれて。そんな風に思ってくれていたなら、真実ちゃんの猫はきっと幸せだったよ。それにツムジも、真実ちゃんにポンポンを作ってもらえて嬉しいと思う」

「うん……」

真実ちゃんはツムジにあげるポンポンを作った後、今度は自分用にもと言い、ピンク色の毛糸玉を取って二個目のポンポンを作り始めた。

巻き終わった毛糸の束を真ん中で結ぶ際、何故か真実ちゃんは結んだタコ糸を切らずに長いまま残していた。切らないのかと尋ねても「別にー」と曖昧な言葉を返してくるだけだ。

しかし、その顔には笑みが浮かんでいた。

レッスンが終わると、真実ちゃんはクリーム色のポンポンを私に預け、ピンクの方は自分のミニトートに入れて療育室を出た。

サロンで真実ちゃんのお母さんに、今日のフィードバックを行った。

「あの子が取り乱してしまい、申し訳ありません」

「いいえ、そんな……真実ちゃんの気持ちがわかってよかったです」

真実ちゃんのお母さんは深くお辞儀をした。今日に限らず、真実ちゃんが他の子を傷つけるような言動をとった日も、指導員や保護者に向かって丁寧に頭を下げている。

真実ちゃんのお母さんは、見た目は真実ちゃんと瓜二つだ。生真面目そうな顔立ちに、銀縁の丸い眼鏡。そしていつも、不安そうな目を泳がせながら、ぎこちなく話す。

今日のレッスンで、真実ちゃんは父親が気持ちに寄り添ってくれなかった経験を話してくれた。父親がそういう人物なら、真実ちゃんのお母さんもまた、同じように辛い思いをしているかもしれない。

真実ちゃんのお父さんのことを聞いてみたい気持ちもあったが、今日の話だけでそこまで詮索するのは憚《はばか》られた。

フィードバックが終わったとき、サロンの中から真実ちゃんの姿が消えていることに気づいた。お母さんと二人で慌てて部屋を出たところ、真実ちゃんはプレイルームの笹のところに立っていた。

「真実、早く帰るわよ」

「はーい」

真実ちゃんは玄関で長靴をきちんと揃えて履き、お母さんに手を引かれて教室を出ていこうとする。

挨拶をする前に、私は思い切って真実ちゃんに尋ねた。

「真実ちゃん、笹のところで何してたの？」

真実ちゃんはニコッと笑って「見てただけよ」と言った。それから「夏帆先生、さようなら」と、私よりも先に丁寧な挨拶をして去ってしまった。

真実ちゃんのレッスンが終わった後、最後のコマは担当レッスンがなかったため、事務所で今日のレッスンの記録を書いた。他の指導員はレッスンがあり、大瀬良先生は保護者と面談中のため、事務所にいるのは私一人だった。

記録を全て終えた後、私は真っ白なコピー用紙を一枚使って、鉛筆で子ども達へのメッセージを書いた。

大倉山教室の皆、今日も教室に来てくれてありがとう。

夏帆先生は、今日、皆に会うことができません。ツムジの具合が悪くなったので、家で看病することになったからです。ツムジはあと数日の命だと、お医者さんから伝えられました。

ツムジが死んでしまうこと、ツムジと皆が遊ぶ姿を見られなくなることを思うと、とても悲しいです。だけど、皆がいたから、ツムジは病気を抱えながらも楽しい日々を過ごすことができました。

少し難しい話をしますが、人も、動物も、生きていると、頑張ってもどうにもならないことがあります。誰も悪くないのに、悪いことが起きてしまうときもあります。ツムジの病気も、そういうものの一つです。

けれど、皆と一緒にいるときのツムジは、とても楽しそうでした。持ってきてくれたおもちゃで遊んだり、マッサージをしてもらったり。それは、皆がツムジのことを考えて、行動した結果なんです。

たとえどんな状況にあっても、行動次第で、生き物は楽しさや幸せを感じることができるのだと、私は皆から教わりました。なので、皆もこの先、もし困難にぶつかったときには、どうかツムジのことを思い出してください。

ツムジは皆に会えて幸せでした。本当にありがとう。

夏帆先生は来週には教室に戻りますので、またお話しさせてください。

「お、書いてるね」

メッセージを書き終えたとき、ちょうど保護者との面談を終えた大瀬良先生が事務所に戻ってきた。時計を見ると、レッスン終了の十分前になっている。

私はコピー用紙を折り畳み、大瀬良先生に託した。

「明日からご迷惑をおかけしますが、よろしくお願いします」

「ああ、任せろ。それと……ちょっと、待っててくれるかい」

大瀬良先生は席を立ち、奥の職員用ロッカーの方に向かった。自分のロッカー

から、スーパーの袋に入った何かを持ってきた。

「昼休憩のときに買ってきたんだ。よかったら家で使って」

袋に入っていたのは、猫用の体拭きシートだった。

「夏帆先生はツムジの体を拭くとき、給湯室で湯を沸かしてタオルを温めていた

だろう？　だけどこの先は、すぐに拭けるようなものも用意しておいた方がいい

かもしれない」

確かに、この先ツムジにいつ何があるかわからない。寝たきりになってトイレ

に行けなくなったら、排泄物で体が汚れることもあるだろう。

大瀬良先生に感謝の気持ちを抱いたが、それ以上に気になることがあった。昨年度末の飲み会で、ツムジの食欲が落ちたときの手際の良さといい、やはり——。

「大瀬良先生。やっぱり、先生は猫を飼ったことが」

すると、大瀬良先生は観念したように、今まで私に話さなかった過去を打ち明け始めたのだった。

「飼ったことはない。ただ、飼っている話を聞いただけだよ」

「飼っている話……?」

「そう。息子が小学生の頃、通っていた小学校で猫を飼っていたんだ。もう今から十年以上前のことだが」

大瀬良先生に子どもがいるということは知っていた。しかし、普段から昼休憩も皆と別で取ることが多い大瀬良先生は、家族について多くを語ったことは今まででなかった。

大瀬良先生の息子さんは、小学校三年生のとき、一時的に不登校になったことがあるらしい。

「息子は小さい頃から、他の子より行動がゆっくりしているところがあってな。学校という閉鎖空間での人間関係においては、そういうところが命取りになる。息子はクラスの中で浮いて、次第に学校を休みがちになったんだ」

行動がゆっくりしていることが命取りになる――。それは私も痛いほど理解していることだった。事務の仕事をしていたときの、好きだった人のことが頭をよぎったが、今は大瀬良先生の話を聞くことに集中した。

「僕も途方に暮れていたんだが、当時の担任が、小学校で猫を飼うことになったから見においでと息子を誘ってくれて」

当時、その小学校では迷い込んでいた野良猫を保護し、生徒達で世話をできるような体制を整えたらしい。最初は渋々登校していた大瀬良先生の息子さんも、猫と触れ合うことで学校に行く楽しみが生まれ、その中で友達とも関われるようになっていったという。

――お父さん。猫はね、あったかいご飯の方がよく食べるんだよ。それと、マッサージをするときは指をこうして……

息子さんは、家でもよく猫の話をしたそうだ。大瀬良先生が猫の飼い方に詳しいのは、当時の息子さんの話を聞いていたからだったのだ。

「運命は部分的になら、変えることができる。僕がそう思うようになったのは、当時の経験があったからだ。息子が不登校になったのは運命だった。けれど、小学校の先生達が頑張ってくれたおかげで、息子はまた学校生活の中に楽しさを見つけることができたんだ」

そんな経験をした大瀬良先生と私が、この大倉山教室で出会った。教室でツムジを飼い、子ども達とツムジを触れ合わせることができた。

これも一つの運命なのだろうか。

「あ、あれ？　大瀬良先生、これは……？」

そのとき、大瀬良先生から渡されたスーパーの袋の中にまだ何か入っていることに気づいた。個包装がたくさん詰め込まれたファミリーパックのチョコレート菓子だった。

「それも、よかったら持って帰って」

「だけどツムジは、チョコレートなんて食べられませんよ」

「ツムジじゃないよ、夏帆先生のだよ」

「あっ……」

意表を突かれた私の反応を見て、大瀬良先生はフフッと笑う。

ここ数日は、仕事とツムジのことでいっぱいいっぱいになり、自分の生活のことを考える余裕すらなくなっていた。間食はおろか、最低限の食事の用意さえ、する気力が失せていた。

「ツムジのケアも大切だが、夏帆先生、あまり思い詰めすぎないでくれよ。疲れたら、甘いものでも食べて気分転換。それか教室に電話してくれてもいい」

私は涙をこらえながら、うなずいた。

ツムジに残されたわずかな時間。私はそれを、ツムジと私が共に穏やかで心地よく過ごせる時間にしたい。もし飼い主である私が暗くなったり、疲れ果ててしまったりしたら、私達は共倒れになってしまうのだ。

だから私も最期まで、ツムジの隣でしっかり生きていよう。

「ありがとうございます……私、必ず笑顔で戻ってきます」

療育室の方から『手のひらを太陽に』を歌う子どもの声が聞こえてきた。音感なんて無きに等しい。歌うというより、全力で叫んでいるだけだ。それなのに、私には天使の歌声のように聞こえるのだった。

自宅でツムジと過ごす最期の日々は、永遠に続くかのようでもあり、一瞬で過ぎ去ってゆくようでもあった。

木、金、土曜の有休を貰った三日間の天気は、ずっと雨だった。ツムジを抱いて部屋の窓際に座っていても、一筋の光も差してくれなかった。暗い部屋の中で、ツムジの体調は緩やかに坂を下っていった。

有休一日目は、ペースト状のご飯をスプーンで与えると食べてくれた。しかし、二日目からはスプーンを近づけると顔をそむけるようになった。三日目はついに、水も飲まなくなった。

何も口にしなくなったツムジの傍で、私は涙をこらえながら自分の食事の準備をした。何の味もしなかったが、ただ体力を維持するためだけに食べた。ここで私が倒れてはいけない。

「ツムジ、今日も一日雨だったね」

最後にもう一度、ツムジに大好きな日向ぼっこをさせてやりたい。その思いが強くなればなるほど、天気予報を確認するのが怖くなった。たった一日でいいというのに、どうして晴れてくれないのだろう。

土曜日の夜、私はもう一度スマホを見た。横浜市の天気は明日が曇り、明後日が晴れという予報が出ていた。

明日、明後日のシフト休みで、ツムジと過ごす連休が終わる。もしツムジがそれ以上生きたとしても、追加で休みはとらないつもりだ。

「お願い、晴れてよ」

私の願いは通じなかった。

翌日、窓の外に広がっているのは重そうな灰色の雲だった。晴れ間が見えることもなく、昼過ぎには小雨が降り始めた。風が強いのか、ポツポツと音を立てて窓を打ち続けている。

ツムジはもうほとんど自力で動けなくなっていた。ハウスの中や床の上で丸まって一日を過ごし、ときどき何かを思い立ったように起き上がって歩き出すが、すぐに疲れてまた座り込んでしまう。トイレにも行けず床で排泄するので、ツムジの行き来する範囲には吸水シーツを敷き詰め、排泄後は大瀬良先生から貰ったシートで体を拭いた。

「ツムジ、聞こえてる？　雨の音。ごめんね、明日は晴れると思うから、一緒に日向ぼっこしようね」

膝の上にいるツムジに話しかけたが、反応はない。すっかり痩せ細って、もう重さもほぼ感じない。頭や背中をそっと撫でるが、どこに触れても、皮一枚隔てて当たる骨の感触が悲しみを運んでくる。もうこの体が元に戻ることは、二度とないのだと思い知らされるようで。

「あ……そうだ。ツムジ、今日もポンポンでマッサージしてあげる」

私は努めて明るい声で言った。

そして、部屋着のポケットから真実ちゃんのポンポンを取り出した。有休一日目からずっと、お守り代わりに肌身離さず持っているのだった。

「いくよっ。ほっぺにコロコロコロー」

クリーム色のポンポンをツムジの頬にあて、手の平を使って転がしていく。

元気だった頃のように、私が投げたポンポンを追いかけたり、前足で転がしたりすることはできない。それでも、好きなおもちゃの感触は覚えているようだ。ポンポンに触れたとたん、それまで何をしても反応がなかったツムジの表情が、ふにゃっと緩む。これはツムジが嬉しがっているときの顔だ。日向ぼっこをしたり、歯ブラシでマッサージをしてやったりしたときと同じ顔だった。

「あははっ。次はお腹にスリスリー」

毛並みに沿って、ポンポンでツムジの腹をマッサージする。毛には艶も張りもないが、渦巻き状の模様は少し歪ながらも残っている。

「見て、ツムジ。雨が綺麗だよ」

ツムジを抱き起こし、窓の方に顔を向けた。

いつの間にかすっかり夜になっていた。雨は上がったらしく、辺りはしんと静まり返っている。窓に点々とついた雨粒が、外からの街灯の光を浴びて輝いていた。それは万華鏡を覗いているような光景だった。

「光の中にいるみたいだね」

ツムジはしばらく、窓の一点をじっと見つめていた。その目は次第にうつらうつらし、急に体を大きく揺らしたかと思うと、私の方に全ての体重を預けてきた。少し焦ったが、息は楽にしている。どうやら眠ってしまったようだ。

「おやすみ、ツムジ」

日を追うごとに、ツムジの眠る時間は長くなっていた。愛用のベッドの上に移動させた後も、私はできる限り傍にいて様子を見た。

深夜近くになってツムジは一度目を覚まし、体をモゾモゾと動かした。

「トイレだね」

私はツムジを抱きかかえてベッドの外に出す。床に敷いた吸水シーツの上で排泄を済ませると、体拭きシートで汚れた部分を丁寧に拭き取った。

ベッドに戻すと、ツムジはまたすぐに眠ってしまう。

今日もツムジはこの部屋で一日を生き延びた。私は今日、ツムジに何をしてやれただろう。ツムジを幸せにすることができただろうか。

そんなことを思っていると、頭の中に大瀬良先生の声が蘇った。

——夏帆先生、あまり思い詰めすぎないでくれよ。

心が軽くなり、深く息を吸えるようになる。

考えるのをやめて、私は大瀬良先生から貰ったファミリーパックのチョコレートに手を伸ばした。明日で連休が終わるというのに、まだ一つも口にしていなかったのだ。

「美味しい」

とろりとしたガナッシュ入りのトリュフチョコレートは、口の中でゆっくりと溶け、舌の上にわずかな甘みを残して消えていった。

翌日の夜明け前、隣からツムジの息遣いが聞こえて目が覚めた。

連休初日から毎晩、私の布団のすぐ横にツムジのベッドを置いて寝るようにしていた。部屋は真っ暗だが、音だけで様子がおかしいことにすぐ気づいた。まるでシャックリのような、引きつった荒い呼吸を繰り返している。

「ツムジ」

布団から飛び起き、部屋の電気をつけると、ツムジはベッドから這い出る途中で倒れていた。目は開いているが、どこにも焦点が合わないまま、ただ宙を見つめているようだった。

お別れのときがきたと、直感的にわかった。

「ツムジ、大丈夫よ。私はここにいるから」

私はいつもと同じように、膝の上でツムジを抱きかかえた。体の冷たさに驚いたが、ツムジに動揺が伝わらないよう明るく声をかけ続ける。

「ツムジ、頑張ったね」

ツムジは私の言葉に応じるかのように、一度だけほんの微かな声で鳴いた。そして、その直後からどんどん呼吸が小さくなっていく。

とうとう最後まで、日向ぼっこをさせてあげることができなかった。

「ツムジ……」

泣くもんか、泣くのは駄目だ。

最後まで明るく、温かくこの子を見守るのだ。

私はそう念じながら、ツムジに声をかけ、背中を撫でた。

死ぬ間際で反応がなくても、猫は耳が聞こえている可能性が高いと、主治医からは聞いていた。

「ツムジ、私の声、聞こえてる？　ツムジ……」

今日旅立つことは、ツムジの変えられない運命だった。けれど、運命は部分的であれば、変えることができる。

運命を変えたい。

ツムジの最期の記憶が安らかなものになるように。

「ツムジ、ありがとう。大好きよ」

ツムジの全身から、カクンと力が抜けるのを感じた。

そっと体の向きを変えて、正面からツムジの顔を見た。呼吸が止まり、目から光が消えていた。

不思議なことに、涙は少しも出なかった。ツムジが死ぬ直前まで泣きそうになっていたのが嘘のように、私の心は凪いでいた。

「まだ、することは残ってる」

私は机の引き出しから、一枚のメモを取り出した。

それは猫が死んだ後のケアに関するメモだった。自宅で看取ることを決めたとき、医師から聞いたり、自分で調べたりしたことを書き留めていたのだ。

私は何も考えることなく、メモに書いたことを一つ一つ実行した。

〈死後硬直が始まる前に、瞼を閉じ、体が自然に丸くなるよう姿勢を変える。〉

〈体の汚れを拭いて、ブラシで毛並みを整える。〉

メモのリストに終わりが見えてきたとき、急に悲しみが押し寄せた。

終わってしまう。ツムジと、大倉山教室の先生や子ども達、皆と共に駆け抜けたこの日々が終わる。メモに書いたことをやり終えたら、もう、私がツムジにしてやれることは何もなくなってしまうのだ。

私は泣きながら、冷たくなったツムジの体を拭いた。

遺体を清潔に保ち、できるだけ生前に近い姿で旅立たせてあげたい。

最後は段ボールにシーツと保冷剤、保冷枕を置き、その上にツムジの体をそっと寝かせた。

「ツムジ、可愛いよ」

箱の中に横たわるツムジの顔は、眠っているときよりも穏やかに見えた。

気がついたときには、朝を迎えていた。私は心を空っぽにしたまま、窓の外に目をやった。

ツムジが見ることのできなかった今日の空は、雲一つない晴天だった。

第八章　七夕とバナナパン

連休明けの火曜日。休んでいる間にあったことの共有や、レッスンの準備をしているうちに、慌ただしく午前の時間は過ぎていった。

先生達には、昨日ツムジを箱に寝かせた後、職場のグループＬＩＮＥで短い報告を入れてあった。夜明け前にツムジが亡くなったこと。翌日から予定通り職場に復帰すること。

〈お疲れ様。ツムジも夏帆先生も頑張ったね〉

大瀬良先生が真っ先に返信をくれて、他の先生達も一人一言ずつメッセージをくれた。今日、出勤して顔を合わせたときは、意識的に普段通り接してくれているようだった。

私は朝礼で改めて皆にお礼を言った。

「長い間お休みをいただき、ありがとうございました。今日からまたよろしくお願いします」

有休を取得した三日間のレッスンはどうなったのか、私はシフト表を確認した。シフト表には職員の出勤状況の他、どの指導員がどの子どものレッスンを担当したかも記録されている。

私が担当するはずだった子ども達のレッスンは、他教室からのヘルプではなく、なんと全て大瀬良先生が行ったようだった。

前に子どもの利用時間変更で人員不足が発生した日も、大瀬良先生は自ら進んでレッスンを行った。去年までは他教室にヘルプを依頼するのが常だったのに、いったいどういうことなんだろう。

お礼を言うタイミングをうかがおうと、大瀬良先生の席に目を向ける。

「うーん、今月の売り上げは日吉教室に抜かれるかもな……」

大瀬良先生はパソコンを見ながら独り言を呟いている。内容から推測するに、近隣教室の月報を閲覧しているようだ。

各教室は月ごとに利用者数や売り上げを会社に報告し、クラウド上で共有することになっている。大瀬良先生は私達に多くを語ることはないが、教室によっては、密かに売り上げ競争で火花を散らしているところもあるという噂だ。

「日吉はウチをライバル視してるからなぁ……ん、夏帆先生、どうかしたかい？」

私の視線に気づくと、大瀬良先生は険しい顔つきを一変させた。

「あ、いえ。ただお礼を言いたかっただけで……私が休んだ分のレッスン、代わってくださって、ありがとうございました」

「いいって、いいって。むしろ、あと一日くらい休まなくて大丈夫？」

「大丈夫です」

私は静かに言い切った。

ツムジの最期を見届けられたことには、感謝しかない。ツムジが死んだ後、昨日丸一日をかけて、私は彼とのお別れも済ませてきたのだった。

ツムジが眠る箱の中には、ツムジの好きだったおもちゃと、いつもマッサージに使っていた歯ブラシ、それに真実ちゃんがくれたポンポンを入れた。昨日のうちに病院に電話を入れて、葬儀の手配もした。

ツムジの葬儀は、専門業者による個別火葬という方法で行うことにした。仕事で火葬場に立ち会えないため、遺骨のみ返してもらうプランを選んだ。業者が遺体を引き取りに来る時間は、飼い主の都合に合わせて早朝から深夜まで指定できるようだった。

引き取りは連休明けの朝、出勤の直前に来てもらうように予約を入れた。それから何をすることもなく、箱に入ったツムジの遺体と一緒に一日を過ごした。窓際で日向ぼっこをさせてやりたかったが、腐敗を防ぐため冷暗所に置いておかなければならなかった。

その日の夜は眠りが浅く、妙にはっきりした夢を見た。

部屋からツムジが失踪する夢だった。夢の中で、私は何故かツムジが生きていると思い込み、部屋中あらゆるところを探した。ベランダや押し入れ、風呂場のバスタブの中まで。

だから、目が覚めてツムジが箱の中で眠っているのを見たとき、安心してほっと胸を撫で下ろした。しかし、その直後、ぴくりとも動かないツムジの姿を目の前にし、ツムジがもう生きていないことを思い出すのだった。

そして今日の出勤前、予約通り業者が来てツムジの遺体を引き取って行った。見送って玄関の扉を閉めた後、少しだけ泣いた。そして、すぐに腕で涙を拭い、化粧を直して職場へと急いだ。

復帰初日の午後がきた。火曜日なので、三時になると元気くんと優声くんがやってくる。私は担当レッスンがなく空きコマだったが、二人に会うために、インターホンが鳴ると他の先生達と共に玄関で子ども達を出迎えた。

「夏帆先生、こんにちはーっ！」

元気くんは、いつも以上に明るい顔で教室に現れた。

先週の火曜日は、来所前に失踪した彼を、私と大瀬良先生、それに優声くんで探し回った。大倉山公園で、知らない子ども達も一緒になって、声を合わせて『手のひらを太陽に』を歌った。

あのとき、ツムジは生きていた。元気くんはまだ何も知らない。私が昨日まで休みを取っていたことも、ツムジが亡くなったことも。

「優声くん、こんにちは！　今日は碧先生とイルカの部屋だよ」

「………」

優声くんは、いつも通り無言でうなずくだけの挨拶だ。

私は先生達に許可を取り、レッスン前に二人の子どもとお母さんをプレイルームに集めた。ツムジのことを説明するためだ。

元気くんと優声くんは、プレイルームの床で膝を曲げて座った。私も正面に座り、二人と目線を合わせた。先週ツムジの容体が急変したこと、そして昨日の夜明け前に亡くなったということを話した。

子ども達がどんなに悲しんでも、その悲しみを一緒に乗り越えよう。ツムジを教室に連れてきたときから、私はそう心に決めていた。しかし彼らにとって、ツムジの死は、私が思っていた以上に耐えがたいものだった。

「ふざけんなーっ！」

元気くんの声がプレイルームに響き渡った。今まで彼が起こしたどんな癇癪よりも、悲痛な叫びだった。

元気くんは、ツムジとの突然すぎる別れをどうしても受け入れられなかった。そしてその悲しみは、次第に私への怒りへと変わっていった。

「夏帆先生のバカ！　どうしてツムジを助けられなかったんだ！」

「ごめんね、元気くん」

私や他の先生達が何を言っても、もはや元気くんの耳には入っていないようだった。優声くんは何も言わず、目をまん丸にして元気くんが泣き叫ぶのをただ見ていた。

「先生達、皆大嫌いだ！　もうこんな教室には二度と来るもんか！」

見かねたお母さんが、私に拳を振るおうとする元気くんを押さえる。

「すみません、今日はこれで失礼します。家で私からも話をして、落ち着いたタイミングでまた来させようと思います」

元気くんがレッスンを中断して帰宅するのは、これで二度目だ。前回も私とのレッスン中に激高したのが原因だった。

「大変申し訳ございません」

「いいえ。この子にとって良い経験になったはずです。先生方も、どうかあまり気を落とされませんよう」

お母さんは片腕で元気くんを押さえ続けながら、私達に一礼した。教室を出る最後まで、毅然とした態度を崩さなかった。

元気くんが教室を出た後、碧先生は笑顔で優声くんに声をかけた。

「優声くん、話を聞いてくれてありがとう。行こうか」

「うん」

他の先生達も、事務所に戻っていく。残された私は、しばらくの間動くこともできず、玄関に佇んだ。

「元気くん、ごめん……」

こういった事態は、最初から覚悟していた。しかし、いざ子ども達をツムジの死に直面させるとなると、身体も声も震えてしまう。子ども達に、事実というナイフを突きつけている気持ちになる。

そして話を聞く子ども達は、私の緊張と苦痛を敏感に感じ取ってしまう。辛い話をするときこそ、大人はどんと構えているべきなのだ。

それなのに、私は——。


翌日から七月に入り、七夕まつりの準備もいよいよ大詰めを迎えた。

七夕まつりは七月六日の月曜日から、七月十二日の日曜日まで、一週間かけて催される。課題曲の『たなばたさま』と『手のひらを太陽に』は毎回のレッスンで練習し、ゲームの方は空いた時間に職員一同で準備物を揃えていった。

「『キラキラ星隠し&探し』の星、ダミーの星も作った方が盛り上がるんじゃないかと思うんですけど、どうですかね」

「いいですね！　あと、相手チームからヒントを貰えるアイテムとか」

「あ、それ面白そう。ヒントを出す方のチームも、わかりやすく説明するトレーニングになるでしょうし」

七夕まつりの準備と同時進行で、私は毎日、教室を訪れる子ども達にツムジの死を伝えた。

子ども達の反応は様々だった。静かに受け入れる子も、涙を見せる子もいた。元気くんのようにレッスンを受けられない状態になるほどの子はいなかったものの、落ち着くまで時間を要する子も多かった。

短冊に〈ツムジのびょうきが早くなおりますように〉と書いた花音ちゃんは、小学三年生にして、自分の願いが潰えるという経験をした。

「私、真実ちゃんって子に言われたときから、何となくツムジの病気は治らないような気がしてた」

ツムジの死を告げられた花音ちゃんは、最初は意外なくらいに落ち着き払った反応を見せていた。しかし、お父さんは全てを見通したような笑顔で、彼女の頭を撫でた。

そのとたん、花音ちゃんは目から大粒の涙を流し、短冊に願いを書いたときの気持ちを吐き出したのだった。

「だけど、願いを書いたときはね、ツムジの病気はきっと治るって信じてたんだよ。私が心を込めて書いたら、ツムジの病気も良くなるはずだって……」

この教室に通い始めた頃、花音ちゃんは苦手な文字書きを一切しようとしなかった。筆記具を持つことさえ嫌がる日もあった。

そんな彼女が、ツムジのために短冊に願いを書いたのだ。一文字一文字、思いを刻むように鉛筆を動かしていた。あのときの彼女の姿を思い出すと、余計に胸が痛くなった。

「私の願い、叶わなかったのか。頑張ったんだけどな……私……」

「うん。花音は頑張ったよ」

お父さんは花音ちゃんの頭を撫でながら、療育室の入口まで見送った。

その日、花音ちゃんはいつも通りにレッスンを受けた。しかし、他の子達が帰り際にプレイルームの笹を眺めていたところ、目を背けるようにしてお父さんの手を引き、教室を出て行ってしまった。

まるで、自分の短冊が目に映るのが辛いようだった。

七夕まつり初日の七月六日は、朝からハプニングがあった。大瀬良先生が体調不良で急きょ休みとなり、さらに午後、病院でインフルエンザと診断されたという連絡が入ったのだ。

教室で電話を受けたのは私だった。大瀬良先生の声がとても辛そうだったため、早めに電話を終わらせようと思ったのだが、向こうからいくつかの引継ぎ事項を口頭で伝えてきた。

『長期の休みになってしまうから、念のため僕の個人アドレス宛に送られてきたメールは毎日確認して、急ぎのものがあれば返信しておいてほしい。メールのパスワードは……』

「承知しました。お大事になさってくださいね」

会社の規定では、インフルエンザの出勤停止期間は、発症した日をゼロとして五日間、かつ、解熱した後二日間だ。復帰するのは最短でも、七夕まつりの最終日になる。

「えぇー、残念。せっかくのイベントなのに」

「仕方ないわ。復帰後にいい報告ができるように頑張りましょう」

そんなことを言っているうちに、また電話が鳴り出す。

続けて私が受話器を取ると、かけてきたのは元気くんのお母さんだった。いつもと違い、どこか調子の悪そうな声をしていた。

『親子で胃腸炎になってしまいまして』

悪い連絡は重なるものだ。元気くんは火曜日に通っているため、本来なら明日、七夕まつりに参加する予定だった。

『あと、元気の気持ちの面からしても、まだ教室に行くのは難しそうで……。申し訳ありませんが、落ち着いたらまた連絡しますね』

お母さんは、引き続き自宅で元気くんのケアに努めることを私に伝え、電話を切った。なんて強いのだろう。自身も体調が悪いのに、彼女はそれでも元気くんのことだけを一心に考えている。

母親という存在の凄さを思い知ると同時に、自分が元気くんに何もできないことを、もどかしく感じた。今はただ、彼とお母さんが苦しみを乗り越えることを信じて待つしかない。

私が気を落としているのを察したのか、碧先生が声をかけてきた。

「夏帆先生。先週のレッスン、優声くんが凄く大きな声で『手のひらを太陽に』を歌ってたんですよ」

「優声くんが?」

「ええ、とても真剣な顔をして。きっと、いつかまた元気くんと一緒に歌おうって思ってるんですよ。夏帆先生がツムジを教室に連れてきてくれたから、二人はあんなに仲良くなれたんです」

前に大倉山公園で、大瀬良先生にも同じことを言われたのを思い出す。

ツムジを子ども達に会わせたことが、巡り巡って今、彼ら彼女らに耐えがたい苦しみを与えてしまっている。それでも、子ども達がツムジと過ごした経験は、彼らに苦しみ以外のものも多く与えたはずだ。

そして今の苦しみは、これからの頑張り次第で乗り越えることができる。ツムジが残してくれたものを大切にしながら、子ども達と一緒に乗り越えていこうと、私は誓った。

「ありがとうございます、碧先生」

落ち込んでいる暇はない。大瀬良先生がいないため、他のメンバーで急いで午後の準備をする必要があった。

会場となるプレイルームに、合唱で使うミニコンポを療育室から持っていく。ゲームで使用する道具などは、奥のクジラの部屋に用意しておく。

昼前には準備が終わり、私達はプレイルームの笹を改めて眺めた。

「よかった、今年も子ども達全員が短冊を書いてくれて」

「そうですね。折り紙で作った飾りも可愛い！」

笹には各々の願いが書かれた短冊の他、折り紙で作られた提灯や吹き流しも飾られている。手先の器用な優声くんに至っては、薄橙色の折り紙で織姫と彦星の顔を、和紙で服を折り、組み合わせて大作を完成させていた。

そんな中、他の飾りよりも低い位置に、一つだけ異質な物を見つけた。

「あっ……」

「どうしたんですか、夏帆先生」

私が指差すと、他の先生達もその飾りに気づく。

それはピンク色の毛糸で作られたポンポンだった。

真実ちゃんんだ、と私はすぐに思い出した。私とのレッスンでツムジのためにポンポンを作った後、彼女は自分用にと言ってピンク色でもう一つ作ったのだ。しかし、真実ちゃんは何故こんなところにポンポンを飾ったのだろう。

「あら、こっちの紙に何か書かれてるみたいですよ」

砂弥先生が、ポンポンの傍で笹の枝に貼られた一枚のメモに気づいた。

そこに書かれた言葉を読んだとき、私は真実ちゃんの成長に強く心を打たれたのだった。


一週間の七夕まつりは、一日また一日と駆け足で過ぎていった。

同じ時間帯に通っている子どもと保護者が一堂に会するだけで、プレイルームは普段と違う非日常的な空間へと様変わりする。全員での合唱はやはり盛り上がったし、職員が工夫を凝らしたゲームも期待以上に白熱していた。

七月九日の金曜日。最後のコマを担当するのは渚先生と美海先生、それに私の三人だった。七夕まつりは普段よりも一度に多くの子どもを見る必要があるため、主担当とT２に加えて、T３も配置することになっていた。

主担当の渚先生が、子ども達にゲームのルールを説明する。

「皆、よく聞いてね。今から〈織姫チーム〉と〈彦星チーム〉の二つのチームに分かれます。彦星チームが目をつぶって三十秒数える間に、織姫チームはこの三個のキラキラ星をどこかに隠してください！」

チームはくじ引きで決めることになっていたが、さっそく事件が起きた。恋糸ちゃんが、大好きな虎太郎くんと別のチームになってしまったのだ。

「やだやだやだやだぁーっ！」

普段のレッスンで気持ちが乱れたときと同じように、プレイルームで仰向けになってバタバタと手足を動かす恋糸ちゃん。

「恋糸、くじ引きで決めるっていう約束だったんだから、我慢なさい」

「だってだって、うわぁぁーん！」

お母さんが何とか説得しようとするが、火に油のようだ。

渚先生と私も途方に暮れたが、そのときT3の美海先生が、何かを思いついたように悪戯っぽい笑みを浮かべて恋糸ちゃんに駆け寄った。

「恋糸ちゃん、恋糸ちゃん。違うチームだったら、虎太郎くんが恋糸ちゃんの隠した星を見つけてくれるかもしれないよ」

「ふぇっ……？」

「あと、もし虎太郎くんがヒントカードを使ったら、恋糸ちゃんがヒントを出してあげることもできるよ」

恋糸ちゃんの顔が一気に明るくなり、弾けるような声で「私、虎太郎くんと違うチームがいい！」と言った。

「美海先生、ありがとうございます。うちの子がすみません」

「いえ！　恋糸ちゃん、恋する乙女で本当に可愛いですよ」

お母さんと美海先生の会話を聞いた恋糸ちゃんが、美海先生に「私、可愛い？」と満面の笑みで尋ねる。

美海先生はいつものごとく、恋糸ちゃんに、可愛い、可愛いと言い続けた。普段は美海先生に対して批判的な渚先生も、今は彼女に助けられたからか、口を挟むことなく二人の様子を見守っていた。

無事にゲームが再開されたとき、美海先生は私の隣に来てこっそり言った。

「ああ、よかった。恋糸ちゃんが元気になって。渚先生は私のこと、子どもを甘やかしすぎって言いますけど……やっぱり私はこれからも、子ども達に可愛いって言い続けようって思ってます」

子ども達を見る美海先生の瞳には、一点の曇りもない。普段は表立って主張していないだけで、彼女には彼女の確固たる信念があったのだ。

「私も子どもの頃、両親からたくさん可愛いって言ってもらって、その度に、まるで自分が無敵になるような凄い力が湧いてきたんです。自分が無条件に、この世界に存在していいんだって思えるような……。大人になってからも、その言葉を思い出すだけで、何でも頑張れる気がしてきます。だから私も子ども達に、可愛いって言葉を飽きるほど言ってやるんです」

私は美海先生の隣で、静かにうなずいた。そんな考え方のできる彼女のことを尊敬した。

恋糸ちゃん達のチームが、相手チームの隠した星を全て見つけた。攻守が交代され、次は恋糸ちゃん達が星を隠す番になる。

　プレイルームには、カラーボールをいっぱいに入れたビニールプールや、段ボールで作った短い迷路、それにクジラの部屋から持ってきた机なども置かれてあり、星を隠せる場所はいくらでもある。

「虎太郎くーん！　私の隠した星を見つけてねーっ！」

　恋糸ちゃんの声援を受け、虎太郎くんはマイペースに星を探している。

　すると、虎太郎くんと同じチームになった真実ちゃんが、何故か一人でチームメイト達から離れ、プレイルームの端にいる私の隣にやってきた。

「真実ちゃん、どうしたの？」

「別に。ちょっと疲れたから休憩してるだけよ」

　真実ちゃんは丸い眼鏡を少し持ち上げ、ポケットから取り出したハンカチで顔の汗を拭いた。他の子達よりも大人びている真実ちゃんは、もしかするとゲームを退屈に感じているのかもしれない。そんな心配が頭をよぎったが、彼女は私よりもずっと深いところまで考えていた。

「それに、もし私が星を見つけちゃって、さっきみたいに恋糸ちゃんが暴れたら面倒臭いしね」

真実ちゃんは、一心不乱に虎太郎くんを応援する恋糸ちゃんに目をやった。

確かに、恋糸ちゃんは虎太郎くんに自分の隠した星を見つけてほしいと思っている。他の子が見つけたら怒ってしまうかもしれない。

真実ちゃんの物言いは、事実を淡々と述べているだけのようにも聞こえる。しかし、それだけではないと私は思った。彼女は恋糸ちゃんの気持ちを考えて、行動したのだ。

以前までは、周りの人の気持ちを考えない言動が目立っていた真実ちゃん。それどころか、彼女は自分自身の気持ちをも蔑ろにしていた。ツムジの病がもう治らないことを知らされ、彼女は私とのレッスンの中で、初めて自分の本当の気持ちをさらけ出した。

事実とは別に、人間には感情というものがある。真実ちゃんはきっと、そのことに気づいてくれたのだ。

「真実ちゃんって、優しいね」

「はぁ？　いきなり何言ってんのよ」

ふふっと笑みをこぼしながら、私は隅に置かれた笹に一瞬目を向けた。真実ちゃんが作ったピンクのポンポンは今も飾られている。

プレイルームの真ん中では、子ども達がゲームを続けていた。三つある星のうち二つは見つかった。そしてついに、虎太郎くんがビニールプールの中から残りの一つを見つけたかのように思われたのだが——。

「あれ？　ダミーの星取ってもうた」

「えぇーっ！　もう、真剣に探してよーっ」

敵であるはずの恋糸ちゃんが本気で残念がっているのを見て、子ども達はもちろん、保護者や指導員も声を出して笑った。

私は視線を横に向け、真実ちゃんの様子をうかがった。眼鏡の位置を直すふりをして顔を隠そうとしながら、彼女もほんのわずかに笑っていた。

七月十二日、日曜日。七夕まつりもいよいよ最終日を残すのみとなった。

この日は全員出勤の予定だったが、大瀬良先生の復帰は間に合わなかった。高熱が長引き、今朝ようやく下がったと連絡があった。解熱後二日間が出勤停止となるため、大瀬良先生が復帰できるのは来週半ばになる。

「残念だけど、仕方ないわ。七夕まつりの写真はたくさん撮ってるから、復帰後に見せて報告しましょう」

砂弥先生はそう言って、デジカメをケーブルでパソコンに接続する。

「今日が終わったら、写真を教室のＳＮＳにもアップしようと思います」

「わぁ、子ども達、皆いい表情してますね！」

パソコンの画面にずらっと並んだ七夕祭りの写真を見て、落ち込んでいた先生達も一気に元気を取り戻した。

パルマでは宣伝用のＳＮＳを運用している教室もあって、大倉山教室では月毎に担当を決めて更新している。ただし、子どもの写真を掲載するには保護者の同意を必須とし、かつ、顔の部分はスタンプなどで隠すことになっている。

また、ＳＮＳにツムジのことは掲載していない。先日、美海先生がＳＮＳ担当のときにツムジの写真をアップしようとしたところ、大瀬良先生がこう言って止めたのだった。

――闘病中の猫を、宣伝用のＳＮＳに載せるのは気が進まないよ。

今月のＳＮＳ担当は砂弥先生だ。今日で七夕まつりが終わってしまうため、その後すぐに投稿できるよう、あらかじめ大まかな文章と写真を準備して、下書き保存している。

「砂弥先生の文面、凄く見やすいですねっ。絵文字のセンスも素敵」

「ありがとう。美海先生みたいに可愛くはできないけど」

以前に比べると、砂弥先生も皆と打ち解けてきているようで、笑顔を見せることも多くなった。

大瀬良先生と何かありそうだという噂も、最近はすっかり聞かなくなった。大瀬良先生が休んでいる間も、特にいつもと変わらない様子で、するべき仕事をこなしている。

「あっ、電話だわ」

テーブル上の固定電話が鳴り出して、渚先生が受話器を取る。

それは思いがけない吉報だった。

「本当ですか？　とっても嬉しいです！　ええ、ええ……本日でしたら、お昼前の二コマ目などはいかがでしょうか」

珍しく声を上ずらせて話していた渚先生は、電話を終えると、まだ興奮した様子で皆に内容を伝えた。

「元気くん、元気になったって！」

そのとたん、プッと何かを噴き出すような音がした。皆が音のした方に目を向けると、なんと砂弥先生が顔を赤くしてクスクス笑っていた。

「ちょっ、砂弥先生、どうしたんですか?」

「ご、ごめんなさい。元気が元気になったって、ダジャレみたいで……」

笑いが収まらないのを恥ずかしく感じたのか、砂弥先生の顔はますます真っ赤になる。意外すぎる一面を見て、他の先生達もどっと笑った。

場が落ち着いた後、渚先生は電話の詳細について話を続ける。元気くんとお母さんの胃腸炎は回復したそうだ。さらに、前回の来所時に機嫌を損ねた件についても、彼なりに気持ちの整理をつけることができたらしい。

「元気くん、七夕まつりに参加したいってお母さんに言ったんですって。なので、先週の欠席分の振り替えということで、急きょ、今日の二コマ目に来てもらうことになりました！」

ずっと胸に引っかかっていた心配事が取り払われ、全身がふっと軽くなる。

前回、教室を出るときに元気くんのお母さんは「家で私からも話をする」と言っていた。きっと、根気強く彼と向き合ってくれたのだ。今日、会ったらお礼を言わなくては。

「二コマ目ってことは、鉄夫くんや花音ちゃんと一緒になるんですね」

「元気くんも乗り物好きだし、鉄夫くんと仲良くなるかも」

日曜日の二コマ目は、もともと五人の子どもが通っており、一週間の中で一番人数の多い時間帯だ。元気くんが加わると六人になり、より賑やかになることが想像できる。

そして、二コマ目の主担当は私だ。元気くんの飛び入り参加のことで盛り上がっている先生達の会話を聞きながら、静かに気を引き締めた。

一コマ目が無事に終わり、二コマ目の参加者達が教室に集まり始めた。毎週この時間に通っている子ども達が続々と姿を見せる。両親共に来ているところもあり、始める前からプレイルームは熱気に包まれていた。

そんな中、元気くんはなかなか姿を見せなかった。

もともと早めに来る方ではないものの、何かあったのではないかという不安がよぎる。開始時間ぎりぎりまで待つも現れず、先に来ているメンバーのみで最初の歌を始めざるをえなくなった。

「それじゃ、最初は皆で『たなばたさま』を歌うよ！」

やはり花音ちゃんの歌声は圧巻で、保護者達の視線を集めていた。

しかし子ども達にとっては、それ以上に気になるものがあるようだった。花音ちゃんが持ちこんで弾いている玩具のウクレレだ。

「それ何ー？」

「私もやりたーい！」

途中から子ども達は、歌うのをそっちのけで花音ちゃんに群がり始めた。鉄夫くんに至っては、仕組みに興味が湧いたようで「どこから音が出てるの？」と耳をひっつけんばかりに近づいている。

そのとき、プレイルームの入口から子どもの声がした。Ｔ３の砂弥先生に誘導され、お母さんと一緒に現れたのは元気くんだった。

「夏帆せんせーい！」

前に「大嫌いだ」と言ったことなんて忘れてしまったかのように、元気くんは満面の笑みで駆け寄ってくる。

「先生、この子だれー？」

「見たことない子だーっ」

花音ちゃんのウクレレに夢中だった子ども達も、元気くんに興味を移す。

「元気くん、皆に名前を教えてあげて」

「押火《おしび》元気です！　三年生です！」

「三年生なのに大きいー」と盛り上がる子ども達に、私は改めて元気くんを紹介した。そして、皆からも元気くんに自己紹介するよう促した。

「朝倉《あさくら》鉄夫です。電車が好きです」

「日田花音です。今日はウクレレを持ってきたんだよ」

花音ちゃんはそう言って、またウクレレをポロンと鳴らす。

全員の自己紹介が終わった後、今から皆でゲームをすると伝えたのだが、元気くんは来て早々に自分の要求を訴え始めた。

「俺も『たなばたさま』歌いたかった！　もう一回やって！」

プレイルームに不穏な空気が漂い始めた。プログラムの構成上、最初の歌は一回しか歌わないことになっていた。それに他の子ども達も、早く次のゲームをしたいと思っているはずだ。

「元気、我慢なさい。あなたが家でブロック遊びをなかなかやめないから、来るのが遅れちゃったんでしょ」

「やだーっ！　もう一回やってってたらやって！」

お母さんがたしなめようとするも、元気くんはますます機嫌を損ねる。

他の子ども達も、すっかり困ってしまったようだ。この教室に通い続けても、元気くんのこういうところは結局変わらないのだろうか。

——大人になっても、ただの大きな子ども、社会のゴミになるだけさ。

大倉山公園で、ベンチの男性に言われた言葉を思い出す。そんなことがあってたまるかという気持ちになった。私は元気くんを信じている。

この教室が元気くんの個別支援計画に掲げているのは、折り合いの付け方を伝えていくことだ。そのためには、まず指導員の方から元気くんの気持ちに寄り添う形で折衷案を提示する。

「早くゲームしたい！」

子どもの一人が、耐えきれずに声を上げる。

私は急いで、思いついた案を、元気くんと子ども達に向かって示した。

「元気くん。今は皆でゲームをする時間なんだ。『たなばたさま』は、あとで歌おう。さっき歌った皆も、できたらそのとき一緒に歌ってほしい」

子ども達は異口同音に「いいよ！」と言う。

元気くんはしばらく私を睨んで何かを考えているようだったが、そのときまた、隣から彼のお母さんが声をかけた。

「あなた、神殿に行ったときに約束したじゃない。これからもパルマで頑張るって。大丈夫、あなたならなら頑張れる」

神殿という言葉を聞いた瞬間、元気くんは我に返ったようにお母さんの方を見た。元気くんが行きたがっていた神殿――大倉山記念館。お母さんは、そこに彼を連れていったのか。

元気くんは視線を私の方に戻した。表情からは敵意が消えていた。

「わかった。ゲームしよ！」

元気くんは、吹っ切れたようにさっぱりとした顔で言った。半年前、折り紙が思うように折れず「やり直し」と癇癪を起していたときからすれば、見違えるような姿だった。

「よっ、さすが元気。カッコいいぞ！」

お母さんに頭を撫でられると、元気くんは気恥ずかしくなったのか、手を振り払って他の子達の輪の中に入っていった。そこからは一気に皆と打ち解け、ゲームでは持ち前の力強さを生かして大活躍した。

元気くんは、ビニールプールにてんこ盛りに入っているカラーボールをどんどんかき分け、相手チームの隠した星を見つけ出す。

「凄いや、元気くん！」

「強いぞ、元気くん！」

星を手にした元気くんが両手でバンザイすると、同じチームの二人の子どもは、両側から大きな身体に抱きついた。

ゲームが終わると、最後に皆で『手のひらを太陽に』を合唱した。

その後、主担当の私は保護者達を集めて今日のフィードバックを行ったが、その間、T2とT3の先生に子ども達の対応をお願いして、元気くんとの約束通りもう一回『たなばたさま』を歌ってもらった。

「さーさーのーは、さーらさらー」

元気くんの熱唱が聞こえてきて、保護者達も微笑ましそうな顔をしている。

フィードバックが一段落すると、私は元気くんのお母さんに声をかけて諸々のお礼を伝えた。

「今日は元気くんを連れてきてくださって、ありがとうございました。それに、さっき彼がもう一回歌いたいって言ったときの声かけも」

「あんなの、どうってことないですよ！　夏帆先生があの子の気持ちを否定せず、いい案を出してくれたおかげです」

互いに褒め合う流れになってしまったが、元気くんのお母さんは嬉しそうで、私も嬉しかった。

　大人が子どもを褒めることはもちろん大切だが、子どもを育てる大人が褒められる機会はあまりない。さらに、発達に特性を持つ子どもの保護者は、子どもの行動によって周りに謝ってばかりだという人も少なくない。

　そんな中でも、保護者達は子どものために精一杯頑張っている。子どもと同じように、保護者もまた、褒められ、認められることが必要だ。

「夏帆先生！　母ちゃんと何話してるのー？」

　思う存分歌ってご機嫌な元気くんが、足取り軽く駆け寄ってくる。

「先生。俺、神殿でツムジが天国に行けるようにお祈りしてきたんだ！」

「そうなんだ。元気くん、ありがとう」

　私はお母さんから詳しい話を聞いた。親子揃って胃腸炎でダウンする中、気持ちまでふさぎ込んでしまった元気くんに、お母さんは「治ったら一緒に神殿に行こう」と約束したそうだ。

　病は気からとはよく言うが、神殿に行くのが楽しみになった元気くんは、驚くべき回復力を見せた。そして約束どおり大倉山記念館に行くと、元気くんは自分から「ツムジのためにお祈りする」と言い出したらしい。

元気くんは、先週とは別人のように目を輝かせて私に言った。

「夏帆先生も、悲しいことがあったら神殿に行ってみろよ。凄いパワーが湧いてくるんだぜ！」

不意に涙が出そうになった。元気くんの大きな成長を感じたからだ。

元気くんは、自分の全く知らないうちにツムジが死んでしまったことで深く傷ついた。しかしお母さんの協力もあって、大好きな神殿でツムジのために祈ることによって、自分の気持ちを切り替えたのだ。

この先また何か辛いことがあっても、彼ならきっと大丈夫だと思えた。

「神殿？　ねえ、神殿って何？」

玩具のウクレレを片手に現れた花音ちゃんが、元気くんに声をかけた。

「大倉山公園の中にある神殿だよ。短冊に〈しんでんに行きたい〉って書いたら、本当に母ちゃんが連れていってくれたんだ！」

「短冊に……？」

一瞬にして、花音ちゃんの表情に影が落ちる。

花音ちゃんは短冊に〈ツムジのびょうきが早くなおりますように〉と書いたのだ。その願いは叶わなかった。願いが叶って喜んでいる元気くんを見て、心から祝福できずにいるのかもしれない。

あることを思い出した私は、うつむいている花音ちゃんに声をかけた。

「花音ちゃん、一緒に笹のところに来て。見せたいものがあるんだ」

「え？」

私は花音ちゃんを連れて笹の傍まで行き、低い位置に結ばれたピンク色のポンポンを指差して言った。

「お友達から花音ちゃんへのプレゼントだよ」

「プレゼント？……あっ！」

花音ちゃんはその場にしゃがみ込んだ。ポンポンのすぐ傍で、笹の枝に貼りつけられたメモに気づいたのだった。

メモには、走り書きでこう記されてあった。

花音ちゃんへ　この間は、ごめんなさい
プレゼントを作ったから、よければもらってね　真実

ポンポンを作ったとき、真実ちゃんは自分用だと言いながら、本当は花音ちゃ

んに渡すつもりだったのだ。だから、毛糸の束を結ぶタコ糸を長く残しておいた。こっそり笹に結んで、花音ちゃんに見つけてもらえるように。

「えへへ、可愛い」

花音ちゃんは涙ぐみながら、笹から外したポンポンと手紙を両手に持った。

「夏帆先生。私、手紙のお返事書いてくるね。今度持ってきて先生に預けるから、ちゃんと真実ちゃんに渡してね」

「ええ、もちろん」

思いがけないところから友情の兆しが見えて、私も嬉しくなる。それに、文字書きの苦手な花音ちゃんが、自分から人に手紙を書きたいと言うなんて。


午前中の二コマが大盛況のうちに幕を閉じ、七夕まつりも今日の午後を残すのみとなった。昼休憩に入ると、砂弥先生が素敵な差し入れをしてくれた。

「出勤前にパン屋で買ってきたんだけど、よかったら皆で食べない？」

「キャーッ、私このお店のバナナパン大好きなんです！」

美海先生は今にも踊り出しそうな足取りで、パンを切り分けるための包丁を取りにキッチンへと向かう。

大倉山駅の西側すぐに位置するパン屋さんは、バナナをたっぷり練り込んだパンで有名な人気店だ。バナナパンは小さめの食パンのような形をしていて、上面は輪切りのバナナを混ぜ込んだクッキー生地で覆われている。

少し顔を近づけただけで、ふわりと漂うバナナの香りが鼻先をくすぐる。黄色みがかった生地はきめ細かく、一口頬張れば、しっとりとした食感と共に素朴な甘さが口の中に広がった。

「はぁーっ、幸せ」

「大瀬良先生が前に買ってきたアイスコーヒー、まだ残ってましたよね。あれも飲んじゃいましょうよ」

大瀬良先生の名前が出たとき、私は大事なことを思い出した。インフルエンザで休んでいる大瀬良先生宛のメールチェックは指導員全員で日替わりで行っており、今日は私が担当だった。

慌てて大瀬良先生の席に移動し、パソコンでメールソフトを開く。受信フォルダの新着メールはいずれも複数の教室長に宛てた共有事項であり、大瀬良先生が直ちに対応する必要はなさそうだった。

確認が済んだら、私はすぐにメールソフトを閉じるべきだった。しかし、大瀬良先生に対して最近抱いていた疑問から、魔が差してしまった。私は密かに画面を送信フォルダに切り替える。

そして、過去のある時点までさかのぼったところで、一つの大きな真実を知ったのだった。

「夏帆先生、休憩時間はちゃんと休みましょうよ！　はい。コーヒー、氷たっぷり入れておきました」

「あ、ありがとうございます」

心臓の動悸を悟られぬよう、速やかにメールソフトを終了させた。

自分の席に戻り、アイスコーヒーをごくりと飲んだ。唇に触れる氷の冷たさが、私に平静を取り戻させていった。

大瀬良先生が復帰したら、改めてツムジの件の感謝を伝えよう。この教室でツムジと子ども達を会わせることについて、大瀬良先生は、私が知っていた以上に大きな決断を下してくれていたのだ。

第九章　蟬の声と記念館

夏は駆け抜けるように過ぎていった。

八月中旬。大倉山教室は五日間のお盆休みに入ったが、自分でも驚くほど予定のない休暇となった。他県にある実家には、ツムジの病が発覚してからは適当な理由をつけて帰省を断っていた。

動物嫌いな実家の両親には、実はツムジを飼ったことすら知らせていなかった。リンパ腫を患う前は、帰省の度にツムジをペットホテルに預けるようにしていたのだった。

連休初日、私は一人ぼんやりとツムジの仏壇を眺めながら、もうすぐ訪れる四十九日に向けて心の準備を整えようとした。

ペットの供養の方法はいくつかあるが、私はペット用の仏壇を部屋に置く「手元供養」を選んだ。仏壇は高さ三十センチくらいの木箱で、上段には骨壺が入り、下段は供養品を入れる小さな引き出しになっている。引き出しにはツムジの好きだった玩具や、真実ちゃんが作ってくれたポンポンを入れた。

上段の扉はフォトフレームにもなっていて、写真の中でツムジはごろんと体を大の字に仰向けにして微睡んでいる。まだツムジを飼い始めて間もない頃、部屋の窓際で日向ぼっこをする姿があまりに気持ちよさそうで、つい笑いながらその姿を写真に収めたのだ。

お腹の渦巻き模様に気づいたのも、そのときだ。保護猫だったツムジにはまだ名前がなく、私も決めかねていたのだが、愛らしいお腹を見た瞬間にぴんと来たのだった。

私は指先で、ツムジの写真の渦巻き模様をゆっくりとなぞった。日の光を吸い込んだような温かさや、柔らかい毛の感触を思い出しながら。

「ツムジ、あなたと遊んだ子ども達は、皆元気だよ」

子ども達がツムジの死を悲しんでいた時間は、ほんのわずかな間だった。八月に入る頃には、もう誰もツムジの名前さえ口にしなくなっていた。まるで存在を忘れてしまったかのように。

子ども達の時間は、私が思う以上の速さで進んでいるのだと感じた。ツムジの時間が止まってしまった後も、あの子達は閃光のごとく、全速力でその先を駆け抜けている。

あの子達はツムジを忘れたっていいのだ。ただ、長い人生のどこかで、ときどき振り返ってくれさえすれば。

「教室の先生達も、毎日頑張ってるよ。私も頑張るから、見守っててね」

ツムジの仏壇の前には、ペット用の小さな仏具が並んでいる。私はロウソクと線香に火を灯し、目を閉じながら静かに手を合わせた。

そして、お盆休み前の、職場での出来事を思い返した。

話は数日前にさかのぼる。大瀬良先生が職場に復帰した後、なかなか二人で話せるタイミングがないまま七月が終わった。私がようやく話を切り出せたのは、お盆休みが間近に迫ったある日の空きコマでのことだった。

その日の最後のコマの時間帯。他の先生達はレッスンがあり、事務所にいるのは私と大瀬良先生の二人だけだった。大瀬良先生は自分の席でパソコンと向き合っていた。

どうやって話しかけるべきか迷っていると、大瀬良先生が呟いた。

「来月、どこかの教室にヘルプの依頼しなきゃな……」

独り言のようでもあったが、私はとっさに自分の席から質問を振る。

「来月の人手、足りないんですか」

「一日だけなんだけどね。砂弥先生が、お子さんの学校行事に出たいからって日曜日に有休を申請していてさ」

こんなタイミングで、私の話を切り出すのはどうかとも思った。しかし、今の大瀬良先生がとった言動も、彼について私が知った事実を裏付けていた。

「大瀬良先生。今、少しだけお話ししてよろしいですか」

私が声をかけると、大瀬良先生は画面から顔を上げた。その目は一瞬ほんのわずかに丸くなった後、いつもの穏やかなまなざしを私に向けてくるのだった。話しかけられるのを待っていたようにすら見える。

「何かな」

「私、大瀬良先生に改めてお礼を言いたいことがあります。それと、謝りたいことも……先生、本当は会社に内緒で、ツムジを教室に置いてくれたんですね」

大瀬良先生は表情を変えず、イエスともノーとも答えない。

「申し訳ございません。先生のお休み中にメールを確認したとき、過去の送信フォルダを見たんです。先生はツムジの件をメールで会社に問い合わせたとおっしゃっていたけど、そんなメールはどこにも見当たらなかった」

私が最初にツムジのことを相談したとき、大瀬良先生は会社にメールで問い合わせてみると言った。そして翌日、会社から許可の返信が届いたことを大瀬良先生は私に伝えた。私は大瀬良先生を信じきっていたが、大瀬良先生と会社のやり取りを直に見たわけではなかったのだ。

そして、ツムジを教室で子ども達と会わせるようになってから、大瀬良先生は妙な行動をとるようになった。それまで人員不足のときは他教室にヘルプを依頼していたのに、それをせず教室長自らレッスンを担当したのだ。

私の中で、彼に対する疑惑が生まれたのはそのときだった。大瀬良先生は会社に内緒でツムジを教室に置いているのではないか。だから、他教室の職員をうちの教室に入れようとせず、ツムジの存在を隠そうとした。

近隣教室の中には、売り上げなどの面で大倉山教室にライバル心を抱いている人もいる。もしそのような人がヘルプでうちの教室を訪れ、ツムジのことを知ったらどうなるか。「無断で猫を飼って宣伝に使っている」と言って会社に報告されかねない。

大瀬良先生は、教室のＳＮＳにもツムジのことを掲載しない方針でいた。

――闘病中の猫を、宣伝用のＳＮＳに載せるのは気が進まないよ。

それも本心には違いないだろうが、一方で、やはりツムジの情報を外部に漏らさないように大瀬良先生は気を配っていたのだろう。

さらに、私が大瀬良先生に対して思っていることがもう一つ。

当初、私達は教室の子ども達にツムジの存在を知らせないようにしていた。しかしある日、レッスン後にカメの部屋の鍵が開いていたため、ツムジは子ども達に見つかってしまったのだ。私はあの日の朝、確かにカメの部屋の鍵を閉めたはずだった。

あれは日曜日の午前中のことだった。一週間の中で一番子どもの人数が多い時間帯で、指導員は全員それぞれの療育室で子ども達とレッスンをしていた。もし誰かがカメの部屋の鍵を開けたのだとしたら、それが可能なのは大瀬良先生しかいないのだ。

大瀬良先生は最初から、ツムジを子ども達に会わせるつもりで、独断で私の申し出を許可してくれた――これが、私の辿り着いた事実だ。

「はは、やっぱりバレちゃったか」

大瀬良先生は、あっさり白状した。独断でツムジを教室に置いていたこと。そして、子ども達がツムジを見つけられるように、カメの部屋の鍵を開けたこと。

私が知りたいのは、その理由だった。どうして大瀬良先生はそこまでして、子ども達とツムジを引き合わせようとしたのか。

「夏帆先生には、前に話したことがあっただろう。不登校だった僕の息子が、小学校で飼い始めた猫のおかげで、学校を楽しめるようになったこと」

「あっ……」

私は思い出した。大瀬良先生にとって、運命というものに対する考え方を大きく変えるきっかけとなった出来事。

大瀬良先生の息子さんが不登校になったのは、避けられない運命だった。けれど、学校で猫を飼うことになったと担任から声をかけられ、息子さんは学校生活に楽しみを見出すことができたのだ。

運命は、部分的になら、変えることができる。人間の決断と行動によって。

大瀬良先生はそう考えるようになった。

「僕はどうしても変えたかったんだ。この教室に通う子ども達の運命を。懸命に生きる命と触れ合うことで、きっとあの子達の心に何かが芽生えるはずだと——

だが、会社がそれをすぐに許すとは思えなかった」

パルマを運営する会社は神奈川県を中心に多数の教室を開設している。教室の数が少なかった頃は、ときに奇抜な提案であっても、声を上げれば各教室の裁量で挑戦させてもらえる社風があった。しかし、会社の規模が拡大するにつれ、リスク回避と安定を重視する傾向に変わっていったという。

どうしても子ども達をツムジに会わせたい。そう思った大瀬良先生は、会社に内緒で私の申し出を許可するという決断をしたのだった。

「夏帆先生には申し訳なかった。ツムジの体調のことを考えても、リスクのある賭けだったからね」

私は無言で首を横に振った。短い期間ではあったが、子ども達と過ごした時間は、間違いなくツムジにも喜びをもたらした。レーザーポインターの光を追いかけて、弾むように走る姿。あんな楽しそうな姿は、私と二人で部屋にいるときは見たことがなかった。

「本当に、ありがとうございました。大瀬良先生」

「礼には及ばないよ。夏帆先生の要望を受け入れたのは、僕自身のためでもあったんだから」

「そんなことないですよ。先生はこの教室の子ども達のために……」

私の言葉を遮り、大瀬良先生は「いや」と珍しくきっぱり否定した。そして、もう一度「僕自身のためだ」と言う。

その目は何故か、空いている砂弥先生の席の方に向けられていた。

「この教室に砂弥先生がやってきたから」

「砂弥先生が？」

大瀬良先生の言いたいことがわからない。砂弥先生がこの教室に異動してきたことと、大瀬良先生の取った行動に何の関係があるというのか。

しかし、続く大瀬良先生の話を聞き、私はもう一つの真実を知ることになるのだった。

「どうしても彼女に、あの頃の情熱を取り戻してほしかったんだ。せっかくまた会えたんだから」

あの頃の情熱？　また会えた？

以前から、指導員達の間で大瀬良先生と砂弥先生の間には何かがあるという噂は上がっていた。二人は以前から顔見知りだったのだ。

それを知った瞬間、私は砂弥先生から聞いた彼女の過去についての話を思い出した。砂弥先生はかつて、小学校の教員をしていた。仕事も生徒も大好きで、とにかくがむしゃらに働いていたと言っていた。

まさか――。

「大瀬良先生の息子さんが不登校になったとき、小学校で猫を飼って、息子さんを学校に呼び戻した担任の先生って、もしかして……」

「そう。彼女だよ」

砂弥先生は、教員をしていた頃の自身の働き方を反省していた。生徒に対して過度に干渉した結果、嫌がられるばかりか、自身の体力にも限界がきてしまったからだ。

けれど、砂弥先生の頑張りのおかげで、救われた親子もいたのだ。

「息子が学校に復帰した翌年は担任が変わって、砂弥先生と話す機会はほとんどなくなった。いつか改めてお礼を言いたいと思っていたが、その年度を最後に砂弥先生は退職してしまったんだ。生徒や保護者には何も伝えずに」

この教室に砂弥先生が異動してくることが決まったとき、大瀬良先生は一人で密かに喜んだそうだ。異動元の教室長から彼女の年齢や経歴を聞き、息子の担任と同一人物だと確信したという。

しかし、再会した砂弥先生は別人のように変わり果てていた。職員とも子ども達とも一線を引き、決して深く関わろうとしない。

「彼女の変わりようを目の当たりにして、僕は昔話をする気にすらなれなくなったよ。だけど、きっと彼女なりの理由があるんだと思った。そして、彼女は仕事への情熱や子ども達への愛を失ったわけではないと信じていたんだ」

かつて砂弥先生がしたように、この教室で子ども達と猫を会わせてみようと大瀬良先生は考えた。そうすればきっと、今の彼女の気持ちを知ることができると思ったからだ。

そして、美海先生がミーティングにて、子ども達も一緒にツムジの世話をしてはどうかという意見を出したとき。

大瀬良先生は何も言わず、指導員達の話し合いを見守っていた。すると、それまで積極的な発言をする様子のなかった砂弥先生が、すっと手を挙げてこう言ったのだ。

――私は美海先生の意見に賛成です。

「あのときは嬉しかったなぁ。確信したよ、彼女は情熱を失ったわけじゃない。ただ、それを上手く出せずにいるだけなのだと」